Quand la pâtisserie s’en mêle...

Marylin Masson

Quand la pâtisserie s'en mêle...

Feel good

NOUVEAUX AUTEURS

Éditions Nouveaux Auteurs

16, rue d'Orchampt 75018 Paris
www.lesnouveauxauteurs.com

ÉDITIONS PRISMA

13, rue Henri-Barbusse 92624 Gennevilliers Cedex
www.editions-prisma.com

ISBN: 978-2-8195-05938

À Sébastien,
À mes parents.

Prologue

Dimanche 4 juillet 2010 – Elliott

— Mais qu'est-ce qu'elle fait cette voiture devant nous ? Un coup elle accélère, un coup elle ralentit... Elle commence sérieusement à m'énerver ! Et bien sûr, pas moyen de la doubler au milieu de ces collines normandes. Voilà plus d'une heure que nous sommes partis de Honfleur et nous n'avons fait que quarante kilomètres ! À ce rythme-là, je crois que mon pantalon va finir par rester collé au siège de la voiture d'ici notre arrivée à Paris.

— Mon chéri, tu n'en as pas marre de ronchonner ? Profite du paysage. Et tu sais, je ne suis pas pressée que ce week-end soit terminé. Si tu veux, on peut faire un jeu pour passer le temps ?

C'est pour ça que je l'aime. Claire voit toujours tout du bon côté, elle ne s'énerve jamais, même quand je suis au bord de la crise de nerfs. C'est vrai que ce week-end a été vraiment magnifique. Cela faisait longtemps que nous n'avions pas pris le temps de partir tous les deux. Avec le travail, il faut dire que c'est difficile. Je crois que… mais oui, c'est la première fois depuis notre mariage que nous nous permettons un petit week-end romantique. Et je ne le regrette pas !

— Elliott, tu m'écoutes ? Alors, on le fait, ce jeu ? Tu étais dans la lune ?

— Je pensais juste à l'hôtel et à cette superbe chambre avec vue sur mer…

— Alors, pendant que je parle, monsieur se repasse la nuit dernière dans la tête !

— Mais pas du tout ! Ce que tu as l'esprit mal placé, ma chérie !

— Non, mais je te connais par cœur !

— Bon, on le fait, ce jeu ?

— OK, alors tu dois deviner un animal.

— C'est un mammifère ?

— Oui.

— Il a quatre pattes ?

— Oui.

Là, je suis sûr que je suis parti pour chercher pendant un quart d'heure, il faut toujours qu'elle choisisse des animaux qu'elle seule connaît.

Tout en la questionnant, je la regarde se tripoter

les cheveux. J'adore la regarder passer ses doigts dans les mèches blondes qui lui retombent sur la nuque. Toutes ses copines lui envient ses belles anglaises, et l'envient tout court. C'est vrai que j'ai de la chance. Claire est indéniablement la plus belle femme qu'il m'ait été donné de rencontrer, et ce qui est merveilleux, c'est que la beauté de son âme n'a rien à envier à celle de son physique.

— Est-ce qu'il a le poil noir, ton animal que je ne trouverai jamais ?

— Non ! Dis donc, tu n'es pas très doué aujourd'hui.

— Attends, je change le disque, celui-ci est fini. Que veux-tu écouter ? C'est ton tour de choisir la musique.

— Les Beatles.

J'ai horreur des Beatles !

— OK, mais je mets leur album le plus court alors.

Pendant que je change le disque, je me rends compte que l'abruti de la voiture que nous suivons vient de tourner, nous allons enfin pouvoir rouler un peu.

— Tu vois, ce n'était pas la peine de t'énerver !

— Bon, si on en revenait à ton animal, ce ne serait pas un animal de la jungle ?

— Si !

— Une antilope ?

— Eh non !

Alors que je me tourne vers elle pour lui poser une nouvelle question, Claire me tape sur le bras.

— Regarde la voiture qui arrive en face, elle se déporte pour doubler le camion.

— Non mais le gars est complètement malade, il n'a pas le temps de doubler là !

J'appuie sur le frein au maximum mais je sens que quelque chose de terrible va arriver. Notre voiture n'a pas assez ralenti quand je suis obligé de donner un coup de volant violent vers la droite pour éviter la voiture folle et le camion. Je sens que je perds le contrôle de la voiture qui se met à tanguer dangereusement. Elle finit par se retourner et commence à dévaler le flanc de la colline qui se trouve à notre droite. Je ne contrôle plus rien, j'entends seulement Claire qui crie. Tout va tellement vite, je ferme les yeux, et soudain un choc assourdissant. La voiture est enfin immobilisée mais je n'arrive pas à me repérer. Où sommes-nous ? Où est Claire ? J'essaie de bouger mais ma jambe est bloquée et me fait terriblement souffrir. J'essaie de tendre le bras, Claire est toujours à côté mais je ne l'entends plus. Elle a les yeux fermés et ses habits sont tout collants. Mon Dieu… pitié, non… Je la secoue et la vois rouvrir les yeux.

— Claire, tu m'entends ? Tu m'entends ?

Elle secoue la tête pour me faire signe que oui mais

ce que je vois ensuite me terrifie. Un bout de métal, sans doute de la portière que j'aperçois déchiquetée, lui rentre dans le ventre, en dessous de l'estomac.

— Claire, tu peux bouger ? Mon amour, je t'en prie, ne t'endors pas, reste avec moi. Je suis désolé, ma chérie…

— Ce… ce n'est pas ta faute. J'ai peur, Elliott, je ne veux pas mourir.

J'aperçois mon téléphone portable qui est tombé près du pommeau de vitesse. J'appelle les secours et leur donne approximativement l'endroit où nous nous trouvons. Quinze minutes, il faut que Claire tienne quinze minutes avant leur arrivée.

— Tiens bon, ma chérie, les pompiers ne vont pas tarder.

— J'ai très froid, je ne sens plus rien.

Si seulement je pouvais faire le tour de la voiture pour sortir Claire mais cette foutue jambe est complètement bloquée. J'enlève mon tee-shirt et le pose délicatement sur elle. Elle perd beaucoup de sang et je ne peux rien faire pour arrêter cette hémorragie.

— J'ai peur, Elliott, j'ai terriblement peur. Tu sais, s'il m'arrive quelque chose…

— Mais il ne va rien t'arriver, Claire ! Les secours seront là très vite ! Ne dis pas de bêtises.

Je sens les larmes rouler sur mes joues, j'aimerais tellement réussir à les retenir pour elle, pour qu'elle ne voie pas que moi aussi je suis terrifié, que je ne supporte pas l'idée de la perdre, que je ne suis rien sans elle.

— Elliott, je t'en prie, écoute-moi…

Je sens qu'elle a de plus en plus de mal à parler, sa voix est très faible. Oh, mon Dieu, je t'en prie, sauve-la.

Je m'approche d'elle aussi près que ma jambe me le permet et prends sa main glacée entre les miennes. J'écoute ce qu'elle me dit avec attention afin de capter chaque mot mais intérieurement, sa requête me révolte, pourquoi veut-elle que je tienne une telle promesse ? Je sens que ses dernières forces sont en train de la quitter, je ne peux pas lui refuser maintenant.

— J'essaierai de faire ce que tu me demandes, je te le promets, Claire.

— Je… je t'aime Elliott, plus que tout au monde.

— Moi aussi je t'aime, je t'aime tellement et je t'aimerai toujours.

Dix minutes plus tard, j'entends la sirène des pompiers au loin.

Dix minutes que le temps s'est arrêté pour Claire, et pour moi.

Chapitre 1

Lundi 31 mars 2014 – Eva

Il est 6 heures, retrouvons le Grand Journal présenté par Virginie Saintemoine suivi de la météo de…

Satané réveil, je resterais bien trois heures de plus dans le fond de mon lit. Mais je ne peux pas flâner aujourd'hui, pas avec la présentation à dix heures de l'étude que je prépare depuis trois mois. Je l'ai tellement relue que je pourrais présenter les résultats les yeux fermés. Voilà une semaine que je passe toutes mes soirées au bureau afin que tout soit fin prêt pour aujourd'hui. J'ai même anticipé les différentes questions que vont me poser les membres du comité de direction. J'espère juste que cette fois-ci, ce sera moi qui présenterai mes résultats et non ma directrice, et que je serai récompensée pour tous les efforts que j'ai fournis.

Cela fait maintenant cinq ans que je travaille chez Cosméo, un très gros fabricant de cosmétiques et aucune augmentation durant cette période. Non pas que je ne fasse pas bien mon travail, mais ils ont toujours de bonnes excuses : « Tu fais un boulot génial mais tu sais, avec la réorganisation, le budget des augmentations est nul… » Ou bien : « Nous n'avons rien à te reprocher sur ton travail mais tu devrais apprendre à être un peu plus *corporate.* » Autrement dit, apprends à être hypocrite.

Cette étude, c'est un peu la dernière chance que je me laisse dans cette entreprise, ça passe ou ça casse.

Dix minutes plus tard, je me décide enfin à émerger de mon lit, direction la salle de bains et une bonne douche, sans oublier de lancer la cafetière qui se trouve dans ma micro-cuisine. Mon appartement n'étant pas plus grand qu'une cage d'éléphant de cirque, autant dire que je ne perds pas trop de temps à faire l'aller-retour de la salle de bains. Il faut voir le bon côté des choses, la cuisine est séparée de la pièce principale, ce qui est fort appréciable et m'évite de sentir le kebab géant en me levant le matin.

Une demi-heure plus tard, je suis enfin prête. Il ne me reste plus qu'à vérifier une bonne dizaine de fois que la plaque électrique et toutes les lumières sont bien éteintes, que je n'ai pas oublié de fermer les robinets de la douche et je peux enfin y aller. Ah, ces foutus TOC…

Je m'engouffre dans le RER, avec l'ordinateur portable sur le dos, mon sac à main et les différents dossiers et notes dont je me servirai pour étayer les résultats. Et c'est parti pour quarante-cinq minutes de RER, métro et marche de ma banlieue au treizième arrondissement de Paris. Zut, j'ai oublié de prendre le journal gratuit à la gare, je vais être obligée de lire par-dessus l'épaule du voisin. Et pas de bol, aujourd'hui, j'ai droit à un voisin qui pue déjà la transpiration à sept heures, la journée commence bien !

J'ai toujours la même sensation en poussant la porte d'entrée de Cosméo, je ne me sens pas à l'aise dans cette trop grande entreprise. Tout de verre vêtu, cet immeuble immense s'élance sur quarante-deux étages et fait partie des plus grands gratte-ciel de Paris. Rien qu'à l'accueil, dix personnes travaillent à temps complet.

Même si j'y travaille depuis cinq ans, je ne m'habitue pas au côté impersonnel qui règne dans l'entreprise. Ici, les salariés connaissent à peine leur voisin de bureau et si vous avez le malheur de ne pas habiter à Paris, certains de vos collègues vous snobent comme si vous veniez de la planète Mars. La semaine dernière encore, j'ai fait une grosse erreur en disant que je n'étais jamais allée visiter le centre Pompidou, ce à quoi mes collègues ont réagi :

— Tu ne connais pas Beaubourg ? Mais où t'emmenait-on faire tes voyages de classe ?

— Eh bien, je suis allée voir la tour Eiffel, l'Arc de Triomphe…

— Ah mais tu sais, ma chérie, quand on habite Paris, on a autre chose à faire que de visiter la tour Eiffel !

Il y a des choses comme ça que je ne comprends pas. C'est un peu comme le *dress code* obligatoire de Cosméo, toujours être habillé en costume pour les hommes et tailleur pour les femmes. Qu'est-ce que cela changerait aux résultats de nos études clients si je mettais un jean un peu délavé et une paire de ballerines ? Probablement rien mais on ne me demande pas mon avis. Ce matin, j'ai voulu mettre toutes les chances de mon côté et j'ai donc sorti mon plus beau tailleur noir et les escarpins Louboutin que je réserve pour les grandes réunions, histoire de ne pas trop dénoter lors de la présentation.

L'avantage en arrivant tôt, c'est qu'il n'y a presque personne au bureau et que j'apprécie cette tranquillité qui ne dure jamais très longtemps. En longeant le couloir du sixième étage menant à *l'open space* dans lequel je travaille, je croise Naïma, une femme d'origine marocaine qui fait le ménage de nuit ici depuis plus de dix ans. Je suis une des rares personnes de l'étage à parler avec elle et dans la discussion se glisse toujours une rumeur ou un fait divers sur Cosméo. Nos conversations sont pour moi comme les tasses de café pour la plupart des gens ici, indispensables le matin.

— Bonjour Naïma, comment vas-tu ?

— Bonjour Eva ! Ça va, mis à part le fait que le chef de produit des crèmes après-soleil vient de m'engueuler comme du poisson pourri parce que je n'avais pas vidé sa poubelle de papier hier.

— Oh, laisse tomber, tu sais bien que c'est un vieux ronchon aigri, ne fais pas attention à ce qu'il te dit.

— Tu as raison mais ce n'est pas toujours facile. Oh, au fait, j'ai une nouvelle plus que croustillante pour toi !

— Ah oui ? Raconte !

— Tu vois la nouvelle assistante du directeur marketing qui est là depuis quelques mois ? Marie Je-ne-sais-plus-comment ?

— Ah oui, Marie Févolle.

— Eh bien, je crois qu'elle ne fait pas que l'assister dans son travail, si tu vois ce que je veux dire…

— Non, Pierre et Marie ? Tu es sûre ?

— Oh que oui ! Hier matin, je suis passée plus tard au cinquième car j'ai été retenue par ma chef et je peux te dire que je suis sûre de ce que je te dis !

— Alors là, je ne m'y attendais pas du tout ! Ça va jaser, c'est sûr !

— S'il te plaît, ne dis pas que cela vient de moi, je risquerais d'avoir des ennuis.

— Comme d'habitude, j'ai mes sources mais cela s'arrête là, tu me connais. En tout cas, tu viens d'égayer ma journée Naïma, rentre bien.

— Merci et à demain, Eva !

Cinq minutes plus tard, j'allume mon ordinateur afin de relire une dernière fois les conclusions de l'étude. *La cible prioritaire pour ces nouveaux produits sera donc l'ensemble des femmes de vingt-cinq à trente ans, célibataires et sans enfants, plutôt parmi les catégories socioprofessionnelles aisées. Il faudra donc axer la communication dans ce sens…*

— Bonjour, Eva.

— Ah, bonjour, Marie-Sylvie, je ne vous avais pas entendue arriver.

— Vous êtes là de bonne heure, dites-moi.

— Je suis arrivée il y a cinq minutes à peine, je relisais la présentation pour tout à l'heure.

— N'en faites pas trop tout de même, il ne faut pas avoir l'air de réciter par cœur votre analyse lorsque vous prendrez la parole.

Je ne sais pas pourquoi ma directrice se sent toujours obligée de faire des remarques là où il n'y a pas lieu d'en faire. De toute façon, on ne peut pas vraiment dire que je porte cette vieille anorexique dans mon cœur vu la fâcheuse tendance qu'elle a de s'approprier le travail des autres.

Si seulement je ne m'étais pas trompée de voie après le bac, je ne serais pas là, assise derrière un bureau à maudire ma supérieure. Idéalement, je serais dans une magnifique cuisine, avec plusieurs tours et fours pâtissiers autour de moi, une toque blanche sur la tête, en train de faire des pâtisseries au chocolat, aux fruits, des entremets en forme de cœur, mousseux, crémeux, croquants et délicieux.

Mais tout cela n'est qu'un lointain rêve et pour le moment, j'aurais tout intérêt à me concentrer sur mes mails au lieu d'avoir la tête tournée vers la Seine et les péniches si je ne veux pas avoir de remarque désobligeante de Marie-Sylvie.

Dix heures moins cinq, tout est prêt dans la salle du comité de direction. J'ai installé mon ordinateur, les diapositives de la présentation sont prêtes à être lancées, tous les membres du comité sont présents, Marie-Sylvie également. Nous allons pouvoir commencer. Mais soudain, ma directrice me lance d'un ton légèrement hautain :

— Eva, pourriez-vous aller nous chercher des petites bouteilles d'eau ? Il fait une chaleur ici…

Je ne peux pas lui dire non devant les directeurs présents mais je comprends également que si je m'absente ne serait-ce que quelques minutes, Marie-Sylvie va sauter sur l'occasion pour présenter l'étude à ma place.

— D'accord, je descends vite à la cantine voir s'ils peuvent m'en donner une dizaine.

— Oh, prenez votre temps, je commencerai la présentation sans vous, ne vous inquiétez pas.

C'est bien ce qui m'inquiète, vieille chouette ! Je ne peux pas lui dire ça en face mais je le pense tellement fort qu'elle doit voir dans mes yeux à quel point je suis en colère.

Comme je m'y attendais, lorsque je remonte quelques instants plus tard, Marie-Sylvie est en train de dérouler ma présentation, tenant mes dossiers et notes sous le bras, et celle-ci ne semble pas prête à me laisser la parole pour continuer. Tout au long de la réunion, je fulmine intérieurement mais je suis désemparée, anéantie par ce nouvel échec. Même lorsque les membres du comité posent des questions, elle ne me laisse pas en placer une et répond du tac au tac. Lorsque Marie-Sylvie arrête la projection, elle me lance un clin d'œil et me dit tout bas :

— Merci Eva, je crois qu'ils ont beaucoup apprécié ma présentation.

« Ma » présentation ! Non mais, pour qui elle se

prend ? À ce moment précis, je suis dans un tel état de rage que je sais que je ne resterai pas à Cosméo. Cette fois-ci, ma décision est prise. Mais partir pour aller où ? Faire le même métier qui ne me plaît pas plus que ça ? Changer complètement de travail et repartir à zéro dans la pâtisserie ? Comment faire le bon choix ?

Comme disait Tom Hanks dans *Forrest Gump* : « La vie, c'est comme une boîte de chocolats, on ne sait jamais sur quoi on va tomber. » Eh bien, j'ai l'impression que je tombe toujours sur le chocolat avec la liqueur…

Chapitre 2

Lundi 31 mars 2014 – Elliott

— Bonjour à tous, j'espère que vous allez bien, nous allons pouvoir débuter ce quatrième cours qui sera consacré aujourd'hui à la fraise sous toutes ses formes. Pour pouvoir préparer plus de mets et de pâtisseries et donc apprendre davantage, nous allons travailler en binôme. Jean-Claude se mettra avec Véronique et Jacques avec Élodie, vous n'y voyez pas d'inconvénient ?

— Non, non, répondent tous les intéressés en chœur.

Ce n'est vraiment pas mon jour de prédilection. Autant les autres jours et autres horaires, j'ai des groupes motivés, désireux d'apprendre la pâtisserie et je suis content de leur transmettre mon savoir, à travers les cours que je donne maintenant depuis deux ans dans ce laboratoire refait à neuf, autant je déteste le groupe du lundi de quatorze à dix-sept heures. Ils sont tout mous ! Et aucun ne montre un intérêt particulier pour la pâtisserie, je ne sais vraiment pas pourquoi ils se sont inscrits à ces cours !

Il leur faut déjà une bonne demi-heure pour lire une recette, ce qui, sur trois heures de cours, représente déjà un laps de temps considérable et une fois les questions posées avant de commencer, il reste environ deux heures pour effectuer tout le travail que j'ai préparé. En général, nous avons le temps d'en faire un tiers. Ce qui est déjà pas mal, car quand je vois leur motivation aujourd'hui, je pense qu'à peine un dixième du travail sera réalisé. Ils n'en sont qu'au quatrième cours mais j'aimerais bien que ce soit déjà le dernier, histoire d'être débarrassé !

— Alors, vous allez équeuter les fraises et nous allons commencer par réaliser une tarte pour Jean-Claude et Véronique et un bavarois pour Élodie et Jacques. Puis suivant l'heure, nous continuerons par un sorbet et une mousse. Je vous… ah, excusez-moi, mon téléphone est en train de vibrer.

Sauvé par le gong, comme on dit…

J'ai juste le temps de m'éloigner un peu du plan de travail avant de décrocher.

— Allô ?

— Salut Elliott, c'est Adam.

— Salut frérot, comment vas-tu ?

— Bien, mais j'ai besoin de toi, là.

— Ah ça y est, qu'est-ce qui se passe encore avec Julia ?

— Bah en fait, elle pense qu'elle a déjà des contractions d'accouchement et veut absolument que je rentre à la maison au cas où elle en serait à accoucher. Elle n'en est qu'au septième mois de grossesse mais tu sais comment sont les femmes…

— Je sais surtout comment est Julia ! Et donc ?

— Et donc… j'aurais vraiment besoin que tu viennes me garder la librairie jusqu'à la fermeture, ce soir.

— Tes deux employés ne sont pas là pour le faire ?

— Eh non, ça tombe mal, je leur avais donné à tous les deux leur lundi en RTT. Et crois-moi, ce n'est pas de tout repos de tenir la librairie tout seul !

— Mais je ne peux pas partir comme ça, je suis en plein cours, là ! Et tu m'as déjà fait le coup deux fois depuis que Julia est enceinte !

— Je t'en prie, tu sais bien que les temps sont difficiles pour la librairie, en ce moment et fermer plus tôt, pour moi, c'est perdre des clients.

— Je sais que ce n'est pas facile pour toi, mais je ne peux pas quitter un cours en plein milieu. Remarque, lui dis-je en m'éloignant un peu plus de mes élèves, je n'aime pas ce cours plus que ça. Bon, c'est bon, tu as encore gagné, je préviens les élèves que le cours est annulé. Laisse-moi le temps de ranger et j'arrive à la librairie d'ici une demi-heure. Mais c'est la dernière fois que je te rends ce service, il y a des gens qui ont un travail, je te rappelle !

— OK, merci mille fois, tu me sauves la vie là !

— Oui je sais, comme d'habitude.

En raccrochant, je me rapproche de mes élèves, qui avaient enfin commencé à lire les recettes, pour leur annoncer la nouvelle.

— Je suis vraiment désolé mais j'ai un contretemps important et je vais devoir annuler le cours d'aujourd'hui.

— Oh non ! s'exclame Véronique, le thème de la fraise me plaisait bien.

— Oui, moi aussi, renchérit Jean-Claude.

— Ne vous inquiétez pas, leur dis-je. Le cours ne faisait que commencer, nous reprendrons ce cours la prochaine fois, où nous l'avons laissé, cela ne fera que décaler les séances suivantes.

Chic alors, je m'en serais bien passé de les garder plus longtemps, ceux-là.

Le temps que chacun récupère ses affaires et s'en aille, je nettoie le laboratoire avant de pouvoir partir à mon tour. Je déteste m'en aller et laisser tout en plan, c'est inconcevable. Une des règles élémentaires en cuisine, c'est l'hygiène et le nettoyage de son plan de travail et du sol. C'est une des premières choses qu'on apprend en cours à l'école.

Quelques instants plus tard, je suis fin prêt pour partir à la librairie. Heureusement que celle-ci ne se trouve qu'à quelques pâtés de maison du local du laboratoire, en plein cœur du treizième arrondissement, au moins, je peux y aller à pied. En un quart d'heure je suis arrivé, j'aurais certainement mis le double avec ma Clio que j'ai laissé garée devant le laboratoire.

À deux cents mètres de l'arrivée, j'aperçois mon petit frère qui fait le pied de grue devant sa librairie. À trente ans, avec sa tête rondouillarde et ses cheveux bruns coupés court, il en paraît cinq de moins. Dommage pour moi qui ai déjà trois ans de plus que lui ! Mais ce sont bien ces trois ans de différence qui ont toujours fait que je veille sur lui depuis qu'il est tout petit. Nos parents m'ont habitué à jouer le grand frère et c'est resté ainsi, même depuis qu'il n'a plus besoin de moi, enfin… *presque* plus besoin de moi.

— Ah, te voilà enfin ! s'exclame-t-il en m'apercevant.

— Dis donc, j'ai fait aussi vite que j'ai pu, je ne suis pas *Superwoman* et il est à peine quinze heures !

— *Superwoman* ? Tu m'aurais dit *Superman* encore, j'aurais compris… Tu sais que tu m'inquiètes parfois ? Enfin bref, excuse-moi, c'est juste que je suis un peu sur les nerfs, Julia m'a déjà rappelé trois fois depuis une heure et elle s'inquiète vraiment.

— Et plutôt que d'aller à l'hôpital, elle préfère attendre gentiment son mari à la maison ?

— En fait, elle m'attend pour l'emmener à l'hôpital.

— Bon eh bien, dans ce cas-là, file ! Je m'occupe de tout !

— Oui, et je dois dire que ça m'inquiète un peu… Surtout, je t'en prie, je t'en conjure, sois aimable avec les clients. Ah, et n'oublie pas de brancher l'alarme…

— En partant ce soir, je sais, je te rappelle que ce n'est pas la première fois que je fais ça.

— Oui, je sais, excuse-moi mais je radote un peu depuis que Julia est enceinte. On dit que ce sont les femmes qui perdent des neurones pendant leur grossesse mais je crois que les maris aussi !

Sa phrase à peine terminée, Adam se met à courir vers sa voiture pour rejoindre sa femme. Il aurait encore pu oublier les clés de sa Golf dans la librairie que ça ne m'aurait pas étonné, mais je suis heureux de voir qu'il n'a pas perdu tant de neurones que ça, puisque la voiture se met à démarrer au quart de tour et filer à toute vitesse.

En effet, ce n'est pas la première fois que je fais la fermeture de la librairie. C'est vrai que je l'ai déjà dépanné deux fois depuis la grossesse de Julia mais j'y ai aussi travaillé dans cette librairie, il y a maintenant près de trois ans. Lorsque Claire nous a quittés, j'ai été une vraie loque humaine pendant un an. Une fois remis physiquement de l'accident de voiture ; psychologiquement, j'étais anéanti. Je passais mes journées à pleurer au restaurant que nous tenions, Claire et moi, incapable de donner le moindre ordre aux employés, ni même préparer le moindre plat. Plus le temps passait, plus je m'enfonçais dans ce qu'on appelle une belle dépression.

Bien sûr, je n'acceptais l'aide de personne et étais désagréable avec tout le monde. Je savais que la seule personne qui aurait pu m'aider, c'était Claire et elle me manquait terriblement. Tout était différent sans elle, sans saveur, c'était comme si j'avais perdu une moitié de moi ce jour-là, et je culpabilisais tellement pour ce qui était arrivé, pourquoi elle et pas moi ?

J'ai fini par me renfermer sur moi-même à un point où tout me devenait insupportable. J'ai dû fermer le restaurant, n'ayant plus le cœur d'y travailler. Seulement, sans emploi, les dettes et factures ont commencé à s'accumuler et j'ai dû me rendre à l'évidence, il allait falloir que je retrouve du travail. Mais dans l'état où j'étais, complètement amorphe, drogué aux antidépresseurs et autres anxiolytiques quand ce n'était pas à l'alcool, personne ne voulait de moi.

C'est là qu'Adam m'a proposé un poste de vendeur dans la librairie. Être sous les ordres de mon petit frère ne m'enchantait pas plus que ça, mais c'était le seul à me tendre encore la main et je n'avais plus vraiment le choix. Avec du recul, je ne le remercierai jamais assez pour l'offre qu'il m'a proposée ce jour-là. Je me souviens encore de ses paroles.

— Elliott, je veux bien te prendre à la librairie comme vendeur mais tu arrêtes tes conneries. Tu te ressaisis, tu arrêtes l'alcool et les médicaments. Je sais que tu as traversé une épreuve terrible l'année dernière, mais il faut que tu t'en remettes, même si ça ne va pas être facile. Il est temps que tu réagisses et que tu ailles de l'avant. Donc je te prends à l'essai et on voit ce que ça donne, mais si tu me fais n'importe quoi, je n'hésiterai pas à te dégager et je suis sérieux !

Je crois que ses paroles ont eu l'effet d'une douche froide sur moi. C'était la première fois qu'Adam s'énervait contre moi et il n'avait pas l'air de plaisanter. D'habitude, c'était toujours l'inverse. J'ai fini par accepter, n'ayant pas grand-chose à perdre au final.

Le lendemain, je commençais mon nouveau travail et je me faisais la promesse de réussir à remonter la pente, ce qui, certes, n'allait pas être facile. Mais en un an, grâce à la présence de mon frère, j'y suis arrivé. Plus d'alcool, plus de médicaments, ce qui n'empêchait pas Claire de me manquer toujours autant, mais j'arrivais désormais à vivre avec l'idée que je ne la reverrais plus.

En repensant à tout cela en entrant dans la librairie aujourd'hui, je sens un nœud se former au niveau de mon estomac. Mais le passé est le passé, et je devrai attendre avant de m'apitoyer sur mon sort car de l'entrée de la librairie, j'aperçois déjà des clients qui attendent à la caisse pour payer leurs achats.

Je m'élance donc derrière la caisse et commence à enregistrer les livres. Il est toujours aussi drôle de voir les livres que les personnes achètent car en fonction de ceux-ci, on peut deviner tout un tas de choses sur ces gens. Par exemple, je pense que cette dame d'environ quarante-cinq ans qui achète des livres de Stendhal et Baudelaire est soit professeur de français, soit maman d'un enfant au collège ou au lycée, âge auquel on étudie ces auteurs. Cette vieille dame qui achète des mangas doit avoir un petit-fils fan de livres japonais, à moins que ce ne soit pour elle, mais j'en serais fort étonné ! Quant à ce monsieur d'une quarantaine d'années qui prend des livres à portée érotique… eh bien, je pense qu'il est célibataire !

Une fois dix-huit heures passées, le calme commence à se faire dans la librairie, je vais pouvoir souffler un peu. Pour une librairie qui a du mal à garder ses clients face aux grandes surfaces, je trouve que l'après-midi a été plutôt bonne en termes de ventes. Je n'ai pas arrêté de donner des renseignements à droite et à gauche et d'enregistrer en caisse. Et surtout, j'ai respecté la règle d'Adam, j'ai été poli et courtois avec tous les clients, même avec ceux à qui j'aurais bien mis une baffe tellement ils m'agaçaient avec leurs questions débiles ! Il sait très bien que la diplomatie n'est pas mon fort et que je peux vite partir au quart de tour. Mais cette après-midi, je dois dire que j'ai su me tenir. Il serait fier de moi !

Je décide alors de quitter ma caisse pour faire un petit tour dans la librairie. Même si c'est Adam qui la gère, elle nous appartient à parts égales. Nous avions un grand-père anglais qui était libraire à Londres. Il a un jour voulu découvrir Paris et y a rencontré notre grand-mère. Il n'est plus jamais retourné en Angleterre et a acheté cette librairie. Quand il a pris sa retraite, il l'a léguée à notre mère puis c'est elle qui nous l'a donnée. Adam et moi étions tous les deux passionnés par les livres mais moi plus encore par la cuisine, et j'étais sur le point d'acheter mon restaurant avec Claire, c'est donc lui qui a pris les rênes de la boutique.

C'est une des plus vieilles librairies de Paris. Depuis que je suis tout petit, j'adore venir ici et sentir l'odeur de la cire passée sur le parquet. Quand Adam et moi étions enfants, nous jouions à nous cacher parmi les allées immenses derrière les étagères en chêne, et aucun ne réussissait à trouver l'autre tellement les livres étaient serrés sur les étagères et ne laissaient filtrer aucune lumière. Pratiquement rien n'a changé depuis, sauf le deuxième étage, qui n'était à la base qu'une réserve, et qui est devenu un étage à part entière de la librairie. Avec seulement quelques travaux, Adam a ainsi augmenté de quarante pour cent sa surface de vente. Dans un contexte de lutte contre les grandes surfaces, il n'avait pas vraiment le choix d'agrandir la librairie, s'il voulait survivre. La réserve est maintenant stockée au sous-sol qui n'était pas utilisé par le passé.

En montant les marches qui mènent au deuxième étage, je remarque de gros cartons non ouverts sur le sol et là, je me dis que je n'ai vraiment pas de chance. Adam m'a gentiment laissé de quoi terminer la journée en beauté, remplir les rayons ! Je commence donc par ouvrir les cartons et remplir les étagères où il manque des livres, sans oublier de retourner à la caisse de temps en temps quand un client veut se faire encaisser.

C'est alors qu'une femme plutôt jolie, une brune

d'un petit mètre soixante-cinq environ, la trentaine, de très beaux yeux bleus, un tailleur noir cintré, juchée sur des talons plus hauts que sa tête, et à semelles rouges qui plus est, vient m'interrompre dans ma mise en rayon pour me poser une question.

— Bonsoir monsieur, excusez-moi, pourriez-vous me dire où je peux trouver le livre de Guillaume Musso intitulé *Seras-tu là ?* J'ai trouvé où étaient rangés les livres de cet auteur, mais il ne manque que celui-là sur l'étagère.

— Ah, s'il n'est pas sur l'étagère, c'est que nous ne l'avons plus en stock, madame. On peut peut-être vous le commander ? Dans tous les cas, nous aurons sûrement un nouvel exemplaire d'ici la semaine prochaine.

— Et dans vos cartons, là, il pourrait peut-être y être, non ? Vous êtes en train de faire de la mise en rayon ?

— Oui mais vous voyez, il y a une trentaine de cartons autour de nous, je ne dis pas qu'il n'est pas dans l'un d'entre eux, mais je ne vais pas m'amuser à tous les déballer pour voir si je trouve votre livre en particulier, nous fermons dans cinq minutes.

— Ah bah, il est beau le service, dans cette librairie ! Ce n'est quand même pas sorcier d'ouvrir trente cartons !

— Mais si vous y tenez tant que ça à ce bouquin, vous n'avez qu'à les ouvrir vous-même, les cartons !

— Non mais il ne manquerait plus que ça ! En tout cas, vous n'avez pas été engagé pour la politesse, vous. Non mais, quel goujat !

— Écoutez, si vous n'êtes pas contente, allez en grande surface. Vous trouverez sûrement votre livre de Guillaume Musso, et ça nous fera une pimbêche de moins dans la librairie !

— Moi ? Une pimbêche ? Non mais, je ne vous permets pas de me parler comme ça, vous ne me connaissez même pas !

— Perchée sur vos talons hauts, vous pensez avoir tous les droits et vous imaginez que les employés, comme moi, sont à votre disposition, mais je suis désolé de vous dire que non, la librairie ferme à vingt heures et je ne fermerai pas à vingt-deux heures uniquement pour les beaux yeux de madame ! Au revoir, madame !

— Mais... on ne parle pas ainsi aux clientes !

— J'ai dit, au revoir !

— Eh bien au moins, vous pouvez être sûr d'une chose, vous ne me reverrez pas de sitôt et vous pouvez compter sur moi pour vous faire de la mauvaise publicité.

— Comme on dit, une cliente de perdue, dix de retrouvées.

— Oh mais… je ne vous dis pas au revoir, espèce de… sale macaque putride !

Sur ce, elle tourne les talons et se rue sur la porte de la librairie. Enfin tranquille ! Enfin, je ne sais pas si je vais raconter cette petite altercation à Adam, sinon je crois qu'il va me tuer. Mais elle a exagéré aussi, pour qui elle se prend, celle-là ! Et puis, pour un autre livre, j'aurais peut-être fait un effort, mais me décarcasser pour trouver un livre de Guillaume Musso alors que je déteste cet écrivain…

Bon, en tout cas, il est vingt heures, l'heure de fermer boutique. Je termine de mettre en rayon le carton que j'ai commencé à vider puis je branche l'alarme avant de partir.

En marchant jusqu'à ma Clio garée devant le laboratoire, je ne peux m'empêcher de repenser à cette pimbêche en me disant qu'elle m'a quand même bien énervé pour la soirée avec son histoire de bouquin. Une chose est sûre, j'espère ne jamais avoir à la recroiser nulle part…

Chapitre 3

Lundi 31 mars 2014 – Eva

Non mais, pour qui il se prend celui-là ! La journée n'a pas été assez pourrie comme ça, il faut que ça se termine en beauté. J'ai les larmes qui coulent toutes seules sur mes joues rougies par l'énervement. En plus, le temps déjà maussade aujourd'hui est en train de tourner à la pluie. Qu'est-ce que j'ai fait au bon Dieu pour mériter ça ? Je crois qu'il ne faut pas se poser cette question. Dans le fond, on a tous des jours plus ou moins bons, on va juste dire que pour l'instant, celui-là est le pire de la semaine. En même temps, on est lundi... N'empêche, il aurait pu les ouvrir, ces foutus cartons, ça ne lui aurait pas pris plus d'un quart d'heure et j'aurais sans doute pu récupérer mon livre préféré que j'ai perdu je ne sais trop où.

Quand ce livre de Guillaume Musso est paru en 2006, je l'ai dévoré en deux jours, tellement l'histoire m'a plu. Il raconte l'histoire d'un homme qui a la possibilité de revenir dans le passé et de changer son destin en retrouvant la femme qu'il aime, mais au risque de perdre ce qu'il a acquis dans le présent. C'est ce questionnement sur son propre destin qui m'a complètement fascinée dans ce livre. Je me pose moi-même tellement de questions par rapport au mien…

Depuis, dès que j'ai le moral qui ne va pas fort, je le relis et me pose toujours les mêmes questions auxquelles je n'ai pas de réponse. Quel est mon destin ? Qu'est-ce qui m'attend dans l'année qui vient ? Dans les dix prochaines années ? Peut-on changer son destin ou bien a-t-on une ligne toute tracée prévue pour chacun d'entre nous ? En ce moment plus encore que d'habitude, je me pose ces questions, surtout quand je vois comment ça s'est encore passé au travail aujourd'hui.

Après la réunion de ce matin qui m'a mise très en colère pour la journée, j'ai voulu prendre l'air ce midi en allant au parc situé en face de Cosméo pour lire un peu et me calmer, plutôt que d'aller manger avec mes collègues que j'aime bien mais pas trop. Et là… plus de livre !

J'étais pourtant persuadée que je l'avais dans le

métro puisqu'il dépassait du sac, donc conclusion, soit on me l'a volé dans les transports, soit à Cosméo, soit je l'ai fait tomber malencontreusement pendant le trajet de ce matin. Résultat, j'étais encore plus énervée qu'après la réunion. Autant dire que l'après-midi a été d'une morosité sans nom, je me suis renfermée dans ma coquille et n'ai parlé à quasiment personne. Si c'est pour entendre mes collègues à la pause se raconter encore pendant des heures leurs dernières vacances à l'île Maurice ou je ne sais trop où, je préfère encore regarder des recettes sur Internet. D'ailleurs, c'est ce que j'ai fait la majorité de cette après-midi puisque apparemment personne n'a besoin de moi dans cette entreprise…

En sortant du travail ce soir, je me suis dit que je pourrais passer dans une librairie pour racheter mon livre, cela m'aurait réconfortée un peu de le retrouver. Et voilà que je tombe sur l'autre hurluberlu… ce n'est vraiment pas mon jour, quand même !

Vers vingt heures quarante-cinq, j'arrive enfin chez moi. Je n'ai qu'une envie, prendre un bon bain chaud pour me détendre de cette journée horrible. Un quart d'heure plus tard, je patauge dans ma baignoire en jouant avec la mousse. Je me rappelle que lorsque j'ai cherché à louer un appartement, la condition *sine qua non* était d'avoir une baignoire, dût-elle prendre la moitié du logement. Finalement, je m'en suis bien sortie, elle ne prend qu'un quart de l'appartement. Et c'est quand même bien agréable après une journée pareille, de pouvoir se relaxer dans son bain.

Mais cela ne fait pas dix minutes que ma pause relaxante a commencé que la sonnette d'entrée retentit. C'est pas vrai, laissez-moi tranquille ! ai-je envie de crier. Qui cela peut-il bien être à cette heure-ci ? Je préfère faire la sourde oreille, la personne finira bien par partir. Mais rebelote, la sonnette retentit, suivie d'un :

— Eva ? Je sais que tu es là, je vois la lumière sous la porte !

Zut, c'est Vincent ! Qu'est-ce que je fais ? Je n'ai vraiment envie de voir personne ce soir. Tant pis, je continue à ne pas répondre, j'irai le voir un autre jour.

— Eva ? Si tu n'ouvres pas, c'est que ça ne va pas fort, alors ouvre et on en discute.

Non décidément, je n'ai pas envie de parler à quelqu'un ce soir, même à Vincent.

— Bon, comme tu voudras, Eva, mais si ça ne va pas, tu sais où me trouver. Bonne soirée quand même.

Oh ! Et puis flûte ! Je ne vais pas rester à me morfondre dans mon bain pendant des heures. À quoi ça sert d'avoir des amis si ce n'est pas pour vous écouter raconter vos jérémiades ? Vincent va être ravi.

Vincent, c'est mon meilleur ami. On peut dire que les débuts entre nous ont été chaotiques… Je venais d'arriver en région parisienne, il y a maintenant six ans et je ne connaissais personne. Encore moins dans l'immeuble dans lequel je venais d'emménager. C'est un matin en allant chercher mon courrier que je l'ai repéré devant les boîtes aux lettres. Il avait l'air très gentil, très mignon, un grand brun avec un petit air de Ben Affleck, tout ce que j'aimais. J'ai tout de suite relevé son nom sur sa boîte, très discrètement bien sûr, et à partir de ce moment-là, j'ai tout fait pour essayer d'attirer son attention.

Il habitait au rez-de-chaussée et n'avait pas de rideau sur ses portes-fenêtres donc je partais faire mon jogging quand je savais qu'il était chez lui, histoire qu'il remarque la psychopathe qui courait devant ses fenêtres. Je vidais mes poubelles en même temps que lui, je partais travailler à l'heure où lui-même partait, des fois que l'on se croise dans le hall d'entrée. J'ai même pensé crever un pneu de ma voiture au moment où il rentrerait dans le parking pour qu'il vienne m'aider. Idée que j'ai quand même abandonnée quand un éclair de lucidité m'a traversé l'esprit !

Au final, je ne connaissais rien de lui mais j'étais folle amoureuse et trop timide pour oser lui parler. Il ne devait pas avoir de petite amie car je le croisais toujours tout seul ou accompagné de ses copains. Les mois ont passé et j'ai fini par me lancer en lui écrivant un mot que j'ai glissé dans sa boîte aux lettres. Il disait ceci : « *Cher voisin, vous ne me connaissez pas mais je suis votre voisine du dessus et je voulais vous dire que je vous trouve charmant. J'aurais aimé avoir la possibilité de vous connaître un peu mieux... peut-être pourrions-nous prendre un café ou un thé ensemble prochainement ? P.-S. : si votre réponse est négative, je pense que je vais aller émigrer au pôle Nord quelque temps...* »

À partir de ce moment-là, j'ai rasé les murs. Je faisais attention à ne pas le croiser en descendant mes poubelles, je priais pour qu'il ne monte pas dans l'ascenseur pour aller au parking quand je m'y trouvais, et je guettais une réponse. Réponse que je n'ai pas tardé à recevoir dans ma boîte aux lettres : « *Chère voisine, je vois physiquement qui vous êtes et je ne serais pas contre un café avec vous afin de faire connaissance avec quelqu'un de l'immeuble, mais je préfère vous prévenir tout de suite, je ne serai jamais intéressé pour sortir avec vous.* »

Ce mot a eu l'effet d'une bombe quand je l'ai reçu. Monsieur voulait bien prendre un café avec moi, histoire de devenir potentiellement copain avec une voisine mais il ne voudrait jamais sortir avec moi ! Il ne me connaissait même pas, j'en déduisis donc qu'il me trouvait hideuse !

Alors je me suis dit, mon petit père, ça ne va pas se passer comme ça ! On ne balance pas ça à une fille en pleine figure sans y mettre les formes !

Je me suis ruée dans les escaliers vers le rez-de-chaussée et moi qui suis d'habitude très timide, je n'ai pas hésité une seconde à sonner chez lui. Cinq secondes plus tard, il ouvrait la porte.

— Oui ?

— Oui, bonjour, je suis votre voisine du dessus, Eva.

— Oui, je vous ai reconnue.

— J'ai reçu votre message dans ma boîte aux lettres.

— Ah ! Vous venez donc prendre un café ? me dit-il avec le sourire.

— Non, pas vraiment, en fait. Je suis venue vous dire que lorsqu'un homme n'est pas intéressé par une femme, il lui fait comprendre d'une façon un peu plus *gentleman*. Si vous me trouvez si moche que cela, ça n'était pas la peine de me le faire comprendre dans votre message !

— Mais…

— Non, cela fait des mois que je tente par tous les moyens d'attirer votre attention parce que j'ai un faible pour vous et que je pensais que vous étiez quelqu'un de bien mais je me suis trompée sur votre compte, vous êtes méchant, en fait !

Et sans même dire au revoir, j'ai tourné les talons et je suis remontée chez moi, les larmes aux yeux. Une fois affalée sur mon canapé, j'ai pleuré toutes les larmes de mon corps. Comment avais-je pu me tromper à ce point sur quelqu'un ? J'avais perdu des mois à espérer quelque chose avec cet homme alors qu'il n'en valait pas la peine. En même temps, c'était un peu de ma faute, j'aurais pu prendre contact avec lui des mois plus tôt, ça aurait évité tout ce gâchis de temps perdu.

Quelques minutes plus tard, la sonnette retentissait. C'était mon voisin qui revenait à la charge ! Qu'est-ce qu'il voulait encore ? Me dire que mon nez était tordu, que mes yeux n'étaient pas alignés ? J'ai quand même décidé de lui ouvrir la porte.

— Oui ? lui dis-je d'un ton très détaché.

— En fait, je crois qu'il y a eu un gros malentendu à la suite du message que je vous ai laissé. Je n'ai pas été assez clair dans ce que j'y ai marqué.

— Ah bon ? Et où est le malentendu ?

— Je n'ai jamais pensé que vous étiez moche ou repoussante, mais je ne serai jamais attiré par vous.

— Non mais vous le faites exprès, là ?

— Je suis gay !

— Pardon, vous êtes ?

— Gay !

— Gay ?

— Oui, gay ! Homosexuel, si vous préférez.

— Ah ! Mais alors… tout s'explique ! Pourquoi cela ne m'a-t-il pas traversé l'esprit plus tôt ? J'étais tellement obnubilée par vous que je n'aurais jamais imaginé une seconde que vous pouviez être…

— Gay ?

— Euh… oui. Je suis vraiment désolée, vous avez dû me prendre pour une folle tout à l'heure, je m'excuse…

— Ce n'est pas grave, c'était juste un malentendu et puis j'aurais dû être plus précis dans mon message.

— Oui, c'est vrai qu'il prêtait à confusion quand même.

— Oui, bon, n'en rajoutez pas ! Écoutez, si vous êtes toujours d'accord, je vous offre un café chez moi, histoire de calmer les esprits et de faire plus ample connaissance. Je ne connais personne dans cet immeuble.

— Moi non plus.

— Eh bien saperlipopette, c'est une très bonne occasion de rompre notre solitude à tous les deux !

À partir de ce jour, Vincent et moi sommes rapidement devenus inséparables. Nous avons vite découvert que nous avions plein de points communs. Nous écoutions la même musique, aimions les mêmes films. Il n'y avait d'ailleurs que nous pour rire devant *FBI Fausses Blondes Infiltrées*. Nous regardions aussi les mêmes émissions ridicules à la télévision et avions le même goût pour la littérature.

Il avait un an de plus que moi, était architecte dans une petite entreprise parisienne, célibataire depuis six mois, tout comme moi. Ses amis, comme les miens, étaient en province et il ne connaissait pas grand monde à Paris à part ses collègues. Notre solitude s'est vite envolée vers une belle amitié. Nous passions presque toutes nos soirées ensemble chez l'un ou chez l'autre, le plus souvent à nous raconter nos journées avec leurs lots de bonheurs et de malheurs. J'avais enfin trouvé quelqu'un avec qui parler et sur qui je pouvais compter depuis que j'avais déménagé en banlieue parisienne.

Je n'étais plus du tout attirée par lui, de toute façon, je n'avais aucune chance !

Cela fait maintenant presque six ans que nous

sommes amis. Nous continuons à nous voir aussi souvent que nos emplois du temps nous le permettent, mais Vincent n'est plus célibataire depuis quelques mois et nous avons tous les deux beaucoup de travail. Je savais qu'il devait venir ce soir, mais avec la journée que j'ai passée, j'ai complètement oublié.

Pourtant, cela va me faire du bien d'aller lui parler. J'en ai au moins pour une heure à tout lui raconter mais je sais qu'il aime les ragots et qu'il saura me remonter le moral.

Je décide donc de sortir rapidement de mon bain, et après m'être séché les cheveux et coiffée, histoire d'être présentable, je passe un bas de survêtement blanc et un tee-shirt en coton bleu clair, mon pyjama *Snoopy* étant un peu trop voyant pour se balader dans les couloirs de l'immeuble.

Cinq minutes plus tard, je déboule devant sa porte sous laquelle je vois de la lumière. Ouf, il n'est pas couché. Je sonne et Vincent m'ouvre la porte quasi instantanément.

— Je savais que tu viendrais !

— Tu m'énerves, tu devines toujours tout sur moi, c'est pénible à la fin.

— Peut-être, mais j'avais raison une fois de plus ! Qu'est-ce qui t'arrive, ma poulette ? Toi, tu as passé une sacrée mauvaise journée, non ? Allez, raconte, tu sais que j'adore tes péripéties.

Je me mets alors à tout lui raconter, de la réunion désastreuse de ce matin au guignol de la librairie, en passant par la perte de mon livre préféré.

— Oh, ma pauvre chérie, tu n'as vraiment pas eu de chance aujourd'hui, on dirait ! Je n'aurais qu'une question à te poser, il était comment le libraire ?

— Je croyais que tu étais casé, toi ?

— Oui, mais on a bien le droit de savoir ce qu'il y a sur le marché en ce moment !

— Tu m'étonneras toujours. Enfin bref, pour être honnête avec toi, je dois dire que quand je l'ai aperçu de loin, je me suis dit qu'il n'était pas mal du tout ! Un grand brun d'un bon mètre quatre-vingt-dix, une barbe de deux jours, des yeux verts en amande, je dirais dans les trente-cinq ans.

— Saperlipopette ! Mais c'est tout à fait ton style, en réalité !

— Oui, mais il m'a tellement énervée que ça a tout gâché. Je n'ai jamais vu un goujat pareil ! Je te jure, si tu l'avais entendu me parler sur son ton dédaigneux ! Je voulais juste récupérer mon livre, ça ne l'aurait pas tué d'ouvrir ces satanés cartons !

— En même temps, il avait fini sa journée et ça ne t'aurait pas tuée non plus d'attendre demain ou la semaine prochaine pour avoir ton livre. Tu étais juste énervée de la journée que tu avais passée et tu t'es emportée un peu vite.

— Bah, tu as peut-être raison, n'empêche que j'espère ne jamais recroiser cet énergumène !

— Ah, comme on dit, il ne faut jamais dire jamais...

— Arrête, tu vas me porter la poisse !

— Non, pour ça, tu t'en sors très bien toute seule !

— Ouh ! lui dis-je en lui balançant un des coussins du canapé.

— Hey ! Du calme ! Je te sens encore un brin énervée, là. Je nous prépare du thé, quoique la théine ça énerve aussi, une verveine serait plus appropriée dans ton cas.

— Va pour la verveine, ça m'aidera à m'endormir ce soir.

Pendant que Vincent fait chauffer nos deux tisanes, je zappe un peu sur la télévision mais à vingt et une heure trente, tous les films ont déjà commencé et parmi les documentaires, à moins de vouloir regarder la reproduction des limaces en Europe du Nord...

— Tu trouves ton bonheur à la télé ? me demande-t-il de la cuisine.

— On ne peut pas dire, non...

Vincent réapparaît quelques instants plus tard avec un plateau sur lequel figurent nos deux tasses, un petit pot en céramique contenant des morceaux de sucre, deux cuillères et… un paquet cadeau.

— C'est quoi, ce paquet ? lui dis-je interloquée.

— Surprise ! Joyeux anniversaire, ma poulette !

— Mais c'est dans un mois, mes trente ans !

— Ben justement, c'est pour ça que c'est une surprise ! Si je te l'avais offert dans un mois, tu ne ferais certainement pas la tête que tu fais en ce moment ! J'avais prévu de te l'offrir ce week-end mais dans l'état où tu es aujourd'hui, je me suis dit qu'il te fallait quelque chose pour te remonter le moral alors vas-y, ouvre-le !

— J'adore les surprises !

— Je sais !

— Bon alors, qu'est-ce que ça peut bien être ? C'est tout léger, tout plat, on dirait une feuille de papier, un billet ou un carton à l'intérieur…

— T'es chiante, tu ne peux pas ouvrir ce paquet plutôt que de passer ton temps à essayer de deviner ce qu'il y a dedans. Ouvre !

— OK ! OK ! J'ouvre !

J'ouvre le papier cadeau qui ne contient qu'un simple carton marron relié avec un joli petit nœud couleur or et une feuille affichant un plan. Je déplie alors le ruban du carton d'invitation et c'est ainsi que je peux lire :

« Chère Eva,

Je serai heureux de vous accueillir dans mon laboratoire pour une série de dix cours de pâtisserie pédagogiques une fois par semaine de 18 heures à 21 heures à partir du vendredi 11 avril 2014.

Vous trouverez ci-joint l'adresse ainsi qu'un plan pour vous rendre jusqu'au lieu des cours.

Dans l'attente de votre venue,

Elliott Lessage, Chef Pâtissier. »

— Waouh ! Si je m'attendais à ça ! Mais tu n'aurais pas dû… Ce genre de cours coûte cher et…

— Ça me fait plaisir de te faire plaisir et je savais que tu avais envie depuis longtemps de suivre des cours de pâtisserie, alors ce n'est peut-être pas une formation longue durée mais en trente heures de cours, je pense que tu peux déjà apprendre plein de choses.

— Je peux juste te dire un grand merci, c'est vraiment un super-cadeau !

— Depuis le temps que je te vois faire des desserts et que tu hésites à changer de voie, c'est peut-être un bon début. Tu fais les gâteaux à merveille, tu es imaginative, persévérante dans ce que tu entreprends en pâtisserie, j'adore tous les desserts que tu prépares, il n'y a que mes kilos qui n'aiment pas tes pâtisseries ! Je dois te dire qu'après m'être renseigné, j'ai hésité entre plusieurs formules de différents pâtissiers mais celle-ci a l'air plus pédagogique et je me suis dit que c'était ce qu'il te fallait. Je pense sincèrement que ces cours vont te plaire.

— Sans aucun doute ! C'est peut-être un signe du destin. Peut-être que ça m'aidera à me lancer dans ce que j'aime vraiment faire. Je te raconterai en détail les cours, de toute façon. Encore une fois, merci pour tout.

Je ne peux alors pas m'empêcher de me jeter dans ses bras.

— Eh, mais arrête, je n'arrive plus à respirer !

— Ce n'est pas grave, je veux juste te montrer à quel point je suis heureuse !

— Euh… oui, j'ai compris là !

Quand je rentre enfin chez moi, je suis toute guillerette. La journée n'a pas été si mauvaise que ça, finalement. Comme d'habitude, Vincent a réussi à me remonter le moral et j'ai vraiment hâte que ces cours de pâtisserie commencent…

Chapitre 4

Vendredi 11 avril 2014 – Elliott

Ce soir, je commence un cours avec un nouveau groupe de quatre personnes. Comme d'habitude, je suis un peu anxieux car je ne sais pas sur qui je vais tomber. Il y a des groupes avec lesquels je suis vraiment content de travailler, qui m'épatent même par leur créativité ou leur envie de bien faire, mais je n'ai pas envie de me retrouver encore avec un groupe de gens tout flasques. Déjà qu'il me reste encore quatre séances à faire avec les autres !

Enfin, il est dix-sept heures trente, je vais bientôt être fixé.

J'en profite pour mettre au point la séance de travail que nous allons réaliser. J'ai prévu de leur faire faire des macarons au chocolat. C'est une recette qui est loin d'être des plus faciles à mettre en œuvre, assez technique, mais cela me permettra de voir le niveau de chaque élève et de pouvoir ensuite leur donner des recettes à réaliser en conséquence lors des prochains cours.

Il y a deux ans, lorsque je travaillais encore à la librairie mais que cela allait beaucoup mieux pour moi, je me suis dit qu'il était temps que je me remette à faire de la cuisine. Je n'avais pas envie de rouvrir un restaurant, cela m'aurait trop rappelé l'absence de Claire. Mais j'avais envie de retrouver les sensations que j'avais en sentant les produits frais, en découpant des fruits et légumes, en malaxant de la pâte sablée ou encore en faisant revenir un morceau de bœuf dans une cocotte. J'en ai alors parlé à Adam qui ne s'opposait pas du tout à mon départ de la librairie.

— Tu sais, ce que tu as toujours préféré, c'est la cuisine, pas la librairie, alors je te soutiendrai jusqu'au bout dans ce que tu entreprendras. Je savais bien qu'un jour tu partirais. Il fallait juste le temps que tu te remettes d'aplomb.

— Le problème, c'est que je ne sais pas trop quoi faire. Je ne rouvrirai pas de restaurant.

— Tu es sûr ? Pourtant, tu as toujours rêvé d'avoir ton propre restaurant et tu avais réalisé ce rêve avec Claire.

— Oui mais ça… c'était avant, avant la mort de Claire.

— Rien ne t'empêche d'en rouvrir un. Claire n'est plus là mais toi, tu dois continuer à vivre ta vie et faire ce qui t'a toujours poussé en avant. Avoir ton restaurant, c'est ce qui te motivait le plus dans la vie.

— Je sais, mais je n'en ai plus la force aujourd'hui. Claire me manque encore tellement. J'aurais l'impression de l'oublier en ouvrant de nouveau un restaurant, de faire comme si elle n'avait jamais été là, de la trahir, quelque part, alors que ce rêve, nous l'avions à deux.

— Non, c'était ton rêve à toi et elle est ensuite entrée dans ta vie, c'est pour ça que vous l'avez monté à deux, ce restaurant.

— Écoute Adam, n'insiste pas, je ne rouvrirai pas de restaurant !

— Eh bien, laisse-moi juste te dire que je trouve cela fort dommage !

— Peut-être, mais c'est ainsi.

Pour moi, la discussion était close concernant cette idée de restaurant, mais Adam s'est mis à bouder comme lorsque nous étions enfants et qu'il perdait à un jeu de société. J'en ai alors profité pour renchérir.

— Cela ne me dit toujours pas ce que je pourrais faire…

— Il ne te reste plus qu'à donner des cours dans une école ! me lança-t-il avec un sourire en coin, comme si la suggestion qu'il venait de faire allait m'énerver un peu plus.

— Ce ne serait pas une si mauvaise idée que ça, après tout.

— Les gamins ne pourront pas t'encadrer et tu ne les supporteras jamais non plus. Tu es aussi sociable que *Dr House* !

— Oui, tu as raison, ils se prendraient sûrement des baffes et je crois que c'est interdit maintenant.

— Oui… en effet, on peut dire ça, Elliott. Enfin, sauf si ton but est de te retrouver en prison !

— Alors, si je donnais des cours aux adultes ? lui dis-je avec une nouvelle lueur d'espoir dans la voix. Ils sont moins perturbateurs que les adolescents et puis cela me plairait de pouvoir aider des gens à s'améliorer en cuisine. Je ferais des cours à but pédagogique où chacun pourrait avancer à son allure. Ça, c'est une idée, non ?

— Effectivement, c'est une idée intéressante. Mais tu ne penses pas que tu devrais focaliser tes cours sur le sucré ou le salé et non les deux ?

— Tu as raison, je ne garderai que la pâtisserie qui reste mon domaine de prédilection, sinon je risque de m'éparpiller en donnant mes cours.

— Oui, connaissant ton organisation à deux francs, je pense que c'est mieux ainsi !

— Bon, bah, il ne me reste plus qu'à trouver un local pour y installer mon laboratoire et espérer avoir des élèves.

— Tu en auras, c'est certain, tu es un des meilleurs pâtissiers de Paris. Et sinon, je dis ça comme ça, mais rouvrir un restaurant…

— Ah non, tu ne vas pas remettre ça, Adam !

— OK, c'était pour rire !

À partir de ce moment-là, j'ai consacré toute mon énergie à trouver un local pour mon laboratoire en écumant les annonces sur Internet et, au bout de deux semaines seulement, j'avais trouvé. Et c'était à quelques pâtés de maisons de la librairie seulement. Il s'agissait d'un local désaffecté de quatre-vingts mètres carrés, juste ce qu'il me fallait. Ensuite les travaux ont suivi aussi rapidement et un mois plus tard, mon nouveau lieu de travail était prêt. J'avais des tours réfrigérés, des fours, une chambre froide, un surgélateur, toute une batterie de casseroles, mixeurs, robots et autres ustensiles nécessaires à la pâtisserie. Ne manquaient maintenant plus que les élèves. Adam, qui s'y connaissait en informatique, en tout cas plus que moi, m'a gentiment créé un site Internet et parallèlement, j'ai fait faire des cartes de visite. Les cours de cuisine étant en plein essor depuis quelques années, avec les émissions de téléréalité, j'ai rapidement reçu des e-mails pour les miens.

Depuis, ils ne désemplissent pas et je suis assez fier d'avoir mis en place ces cours qui permettent d'aider de nombreuses personnes à s'améliorer en pâtisserie.

Je ne sais pas ce que cela va donner avec les nouveaux élèves du cours de dix-huit heures mais ils ne vont pas tarder à arriver, je termine donc d'installer sur chaque plan de travail les différents ustensiles et matières qu'ils vont devoir utiliser. Vers dix-huit heures moins dix, la première personne arrive.

— Bonjour, entrez donc, les portemanteaux se trouvent sur votre droite. Vous êtes ?

— Angelo, le roi de la tarte !

— Euh… d'accord, Angelo. Bienvenue à vous !

Trente secondes plus tard, le deuxième élève entre dans le laboratoire.

— Bonjour, entrez et soyez le bienvenu dans ce cours de pâtisserie. Vous devez être Patrick ?

— Oui, c'est moi, bonjour !

— Installez-vous, nous attendons encore deux dames et nous pourrons commencer le cours.

À dix-huit heures précises, une troisième élève arrive à son tour.

— Bonjour, je m'appelle Valérie, j'ai quarante ans et je suis institutrice.

— Oui, bonjour Valérie, lui dis-je en me demandant pourquoi elle me raconte déjà sa vie ! Prenez place devant un plan de travail, nous n'attendons plus qu'une personne.

Dix minutes plus tard, la quatrième personne n'est toujours pas arrivée, je commence à m'impatienter en me disant que pour un premier cours, la moindre des choses, c'est d'arriver à l'heure. Je m'apprête à dire aux personnes présentes que nous allons commencer le cours quand la quatrième élève fait irruption dans le laboratoire, en s'excusant d'être en retard.

Et là… c'est le choc ! Eva, ma quatrième élève, que j'attends depuis dix minutes, n'est autre que la cinglée de l'autre jour à la librairie. Non, mais ce n'est pas possible, dites-moi que c'est un cauchemar ! Je ne vais pas me la taper pendant trente longues heures ! Il doit y avoir erreur sur la personne, elle a dû se tromper d'adresse !

En même temps, je crois qu'elle se dit exactement la même chose que moi quand je vois son visage se décomposer en m'apercevant. Vu la tête qu'elle fait, elle doit même avoir peur qu'après m'avoir vu libraire et maintenant pâtissier, elle me trouve un jour en bas de chez elle pour lui donner son courrier !

Bon, ce qu'il faut que je me dise, c'est qu'il s'agit

d'une élève comme les autres et puis c'est tout. Ne nous énervons pas et restons calmes.

— Bonjour tout le monde, ose-t-elle d'une petite voix tremblante.

— Bonjour, vous devez être Eva ?

— Oui, c'est moi.

— Prenez place devant le plan de travail qui reste. Puisque vous êtes quelque peu en retard, je vous présente les trois élèves qui vont suivre les cours avec vous et qui ont déjà eu le temps de faire connaissance en vous attendant. À votre gauche, vous avez Patrick, en face de vous, il y a Angelo et à votre droite, vous avez Valérie. Je vous propose maintenant de vous présenter chacun un peu plus amplement puisque vous allez suivre ces cours ensemble pendant dix semaines. Je pense d'ailleurs que nous allons nous tutoyer, cela sera plus convivial. Puis je vous expliquerai comment je procède lors de mes cours et nous pourrons entamer la séance d'aujourd'hui. Angelo, tu veux te présenter ?

— Bien sûr ! Je suis plombier, je suis marié avec deux enfants et j'adore cuisiner. Enfin, plus particulièrement le salé. Par contre, en pâtisserie, je ne sais faire que les tartes. J'en prépare à tout, aux fruits, au chocolat, aux noix... C'est d'ailleurs toujours ce que je sers à mes invités quand je reçois chez moi. Ils me surnomment « le roi de la tarte » ! Mais mes enfants commencent à en avoir marre de manger des tartes, donc c'est pour ça que je me suis inscrit, j'aimerais apprendre à cuisiner d'autres pâtisseries.

— C'est tout à ton honneur, Angelo, nous allons y travailler, lui dis-je. Patrick ? Peux-tu nous dire deux ou trois mots sur toi ?

— Eh bien moi, je suis homme au foyer depuis quelques années, c'est ma femme qui travaille et je m'occupe des enfants. Mais ma « chère et tendre » aimerait que je sache faire des gâteaux qui ressemblent à autre chose que du flan et c'est la seule pâtisserie que je sais faire. Enfin, quand il ne s'effondre pas dans l'assiette ! Elle m'a donc inscrit de force à ces cours pour que je puisse m'améliorer. Mais je pense que ce n'est pas gagné d'avance.

— Il ne faut pas dire ça, tu verras, avec un peu de volonté, tu repartiras d'ici en sachant faire autre chose que du flan, lui dis-je en l'encourageant. Et toi, Valérie ?

— Comme je l'ai dit en arrivant, j'ai quarante ans, je suis institutrice, célibataire et sans enfants. Je n'ai pas vraiment de don particulier pour quoi que ce soit mis à part le tricot que m'enseignait ma grand-mère et pour être honnête, je ne suis pas très douée en pâtisserie. Ces cours sont un cadeau de ma mère qui en a assez que je lui serve des desserts surgelés quand elle vient manger à la maison.

— Eh bien, il y a un début à tout, Valérie ! Nous allons essayer de faire en sorte que ta chère maman soit fière de toi quand elle viendra déjeuner chez toi. Et toi, Eva, dis-nous un peu ce qui t'a poussée à venir suivre ces cours ?

— Euh... je suis chargée d'études statistiques dans une grande entreprise de cosmétiques mais je fais très régulièrement de la pâtisserie, c'est une vraie passion pour moi. C'est pour cette raison que mon meilleur ami m'a offert ces cours pour mon trentième anniversaire.

— Oh ! Tu en as de la chance d'avoir un ami comme ça ! lance Angelo. Au prix que ça coûte ! Enfin... je veux dire, c'est un beau cadeau pour tes trente ans.

— Oui, en effet, ne puis-je m'empêcher de rétorquer. Si tu aimes tant que ça la pâtisserie, il pourrait très bien t'offrir dans un autre établissement que le mien plus de cours pour le même prix. Si cela l'intéresse que je lui donne les coordonnées de mes confrères...

— Non, non, ça ira, me répond-elle. Mon ami m'a offert ce cadeau, je n'irai pas ailleurs.

— C'était juste au cas où.

— Oui, mais non merci.

Zut, j'ai manqué là l'occasion de me débarrasser d'elle une bonne fois pour toutes !

En tout cas, entre « le roi de la tarte », un mec qui se fait persécuter par son épouse, une institutrice psychorigide et la cinglée de la librairie, je crois que je vais bien m'amuser pendant ces cours, moi !

— Maintenant que vous vous êtes tous présentés, il ne me reste plus qu'à faire de même. Je m'appelle Elliott, j'ai trente-trois ans et je suis pâtissier depuis plus de quinze ans. Je donne ici des cours de pâtisserie à but pédagogique, pendant lesquels chaque élève réalise les recettes du début à la fin et avance à son propre rythme, c'est pourquoi il n'y a pas plus de quatre personnes par cours. Je peux ainsi me rendre plus disponible avec chacun de vous. Aujourd'hui, afin d'évaluer le niveau de tout le monde, vous allez tous réaliser la même recette. Mais lors des prochaines séances, nous fonctionnerons différemment. Je donnerai un thème qui sera commun pour vous quatre mais les recettes seront adaptées à vos compétences en pâtisserie. Il se peut également que je vous donne un thème sans vous donner de recette particulière. Ce sera alors à vous de chercher parmi l'ensemble des recettes et techniques de base qui se trouvent dans des classeurs sur l'étagère derrière moi, ce que vous jugez bon de réaliser. Voilà, je crois que je vous ai à peu près tout dit. Vous avez des questions ?

— Oui, dit Patrick d'un ton légèrement anxieux.

Quand tu dis que tu ne vas pas toujours nous donner des recettes et que ce sera à nous de nous débrouiller pour réaliser un gâteau, tu plaisantais, n'est-ce pas ?

— Non, pas du tout ! Mais ne vous inquiétez pas, je suis là pour suivre ce que vous réalisez à chaque étape. Si je vois que vous vous égarez, j'interviendrai. Y a-t-il d'autres questions ? Non ? Bon, nous allons commencer le cours à proprement parler. Aujourd'hui, nous allons réaliser des macarons au chocolat. C'est une recette qui est assez technique mais qui va me permettre de cerner un peu mieux votre niveau en pâtisserie. Vous allez dans un premier temps réaliser une ganache au chocolat puis…

— Une quoi ? lance Valérie.

— Une ganache, lui dis-je. C'est la crème un peu épaisse que l'on met entre les deux coques du macaron.

— Ah d'accord ! lâchent en chœur Angelo et Patrick.

S'ils ne savent pas ce qu'est une ganache, on n'est pas sortis de l'auberge ! Je suis parti pour faire des heures supplémentaires ce soir, je crois.

— Je disais donc, vous allez commencer par la ganache que nous laisserons prendre à température ambiante puis nous réaliserons les coques des macarons. Vous avez devant chacun de vous la recette à suivre, les ingrédients qui ont déjà été pesés ainsi que tout le matériel dont vous allez avoir besoin. Une casserole pour faire chauffer la crème et réaliser le sirop de sucre, un mixeur pour mixer la poudre d'amande avec le sucre glace et le cacao, un batteur électrique pour réaliser la meringue italienne, un thermomètre de cuisson, deux maryses et des spatules ainsi que différents bols pour mélanger vos préparations.

— Qu'est-ce qu'une maryse au juste ? Parce que j'en connais bien une, Maryse, mais je ne vois pas trop le rapport, lâche Patrick d'un ton tout à fait sérieux.

— Une maryse, c'est la spatule à bout blanc que tu as devant toi, lui dit Eva avec un grand sourire.

Non mais elle ne veut pas prendre ma place pendant qu'elle y est ? C'est moi qui réponds aux questions d'habitude !

— Oui, Eva a raison, vous en avez une à bout souple et une à bout rigide. Je vous montrerai à quel moment les utiliser. Pour finir, vous avez également pour chacun de vous un four et trois brûleurs à gaz afin de ne pas vous gêner lors de vos cuissons. Bon, eh bien, je crois que vous pouvez commencer. Je vais passer parmi vous et vous aider dans les différentes étapes. Si vous avez le moindre doute ou question, n'hésitez surtout pas à m'interpeller.

Pendant les deux heures qui suivent, je les observe manipuler les matières et matériels, tout en leur donnant des conseils dans leur réalisation de macarons. Par exemple, pour la ganache, je leur montre comment mélanger en trois fois la crème liquide portée à ébullition au chocolat, pour les coques, je leur explique comment macaronner la pâte obtenue et la texture que celle-ci doit avoir avant de la poser sur la plaque, comment tenir une poche à douille…

J'essaie de faire de mon mieux pour les aider mais ils n'ont malheureusement pas menti. Patrick et Valérie n'y connaissent vraiment rien en pâtisserie, leurs pâtes sont pleines de grumeaux, et Angelo m'a demandé s'il pouvait réaliser un macaron de la taille d'une tarte ! Je ne sais vraiment pas d'où lui vient cette obsession des tartes, mais c'est quand même bizarre ! Le côté très positif, c'est qu'ils semblent tous les trois motivés pour apprendre et bien faire, et c'est le plus important pour moi. C'est à des gens comme eux qu'on a le plus envie de transmettre ses connaissances. Quant à Eva, qui prétend faire régulièrement de la pâtisserie, on ne peut pas vraiment dire que je m'en rende compte aujourd'hui. Elle ne pose pas une seule question pendant le cours alors qu'elle ne maîtrise pas la recette. Je retrouve là son côté hautain que j'avais décelé chez elle à la librairie. Il faut dire aussi que je ne suis pas très tendre avec elle et que je ne l'aide pas, mais je n'en ai vraiment pas envie après le cirque qu'elle m'a fait l'autre jour à la boutique ! Au final, ses coques de macarons sont toutes craquelées, bosselées et sans collerette. Normal, elle a oublié de mixer ses différentes poudres et sa pâte à macarons était beaucoup trop épaisse mais je me suis bien abstenu de le lui dire. Quand sa plaque sort du four, je jubile intérieurement. Je ne peux pas m'empêcher de lui faire une petite remarque.

— On ne peut pas dire que les macarons soient ton point fort en pâtisserie, si tant est que tu en aies un !

— Non, en effet, ce n'est pas mon point fort, mais tu ne m'as pas spécialement aidée à les réussir non plus ! J'ai bien vu que tu observais ce que je faisais depuis tout à l'heure mais à aucun moment, tu n'es intervenu pour m'aider. Avoue, tu n'as juste pas digéré le fait que je te traite de sale macaque l'autre jour, c'est tout.

— Je suis peut-être un sale macaque, putride qui plus est, mais je ne vérifie pas quinze fois que mon gaz est éteint, moi ! Je n'ai pas de TOC ! Alors ? Qui est le plus macaque de nous deux ?

— Quinze fois, tu y vas un peu fort ! Comme quoi, tu as bien observé ce que je faisais ! On a le droit d'avoir peur du feu quand même ! Pour un cours qui se veut pédagogique, je n'ai vu aucune pédagogie envers moi, pas même un petit conseil !

— Tu n'as pas posé une seule question non plus ! Ces cours sont là pour aider les gens à s'améliorer et si ce n'est pas ton cas, tu n'as rien à faire dans ce cours. C'est en participant et en posant des questions que l'on progresse. Tout cela parce que madame se croit meilleure que tout le monde !

— Pas du tout, mais après l'incident de l'autre jour, je préférais faire profil bas.

Sa réponse me décontenance un peu. Ce que j'ai pris pour de la prétention ne semble être en fait que de la discrétion, voire de la timidité.

Je ne trouve rien à répondre et c'est là que je me rends compte que les trois autres élèves nous fixent, Eva et moi, en se demandant s'ils n'ont pas loupé un épisode. Un peu gêné, je me tourne vers eux.

— Euh… excusez-nous pour cette petite discussion houleuse, cela ne se reproduira plus.

— Il n'y a pas de souci ! dit Angelo, il faut dire les choses avant qu'elles ne s'enveniment, vous savez.

— Pas de souci pour moi non plus, renchérit Patrick qui, de toute façon, doit subir les mêmes assauts de la part de sa femme régulièrement.

Par contre, Valérie semble outrée de ce qui vient

de se passer. Elle ne pipe mot mais ses yeux trahissent son sentiment. Mais je pense qu'elle s'en remettra !

— Je suis désolée d'avoir perturbé le cours, dit Eva d'une petite voix en se tournant vers les trois autres.

— Bon, n'en parlons plus et terminons ces macarons, leur dis-je d'un ton que j'espère enjoué. Il ne reste plus que l'assemblage à réaliser pour chacun.

Tous les élèves, y compris Eva, se remettent à la tâche, dans une ambiance que je sens pesante et dont je suis à moitié responsable.

Quand les élèves quittent le cours, je leur souhaite une bonne semaine en espérant ne pas leur avoir fait peur au point qu'ils ne reviennent pas vendredi prochain. Je me dis également que j'y suis peut-être allé un peu fort avec Eva qui quitte le laboratoire avec les yeux remplis de tristesse.

Chapitre 5

Vendredi 18 avril 2014 – Eva

Aujourd'hui, j'ai pris mon après-midi pour aller faire du shopping avec Vincent. L'avantage d'avoir un ami gay, c'est qu'il adore faire les boutiques avec vous. Je ne l'ai pas vu de la semaine et n'ai donc pas eu l'occasion de lui raconter comment s'est passé le premier cours de pâtisserie la semaine dernière. J'appréhende un peu parce que je sais que c'est la première question qu'il va me poser en me voyant et que je ne sais pas trop quoi lui dire.

Dois-je être honnête et lui avouer que cela a été un vrai désastre, malgré le fait que ce soit son cadeau ? Ou bien dois-je lui dire que c'était très intéressant, mais d'un autre côté, je ne veux pas lui mentir ? Non, je préfère être honnête, il comprendra.

Cela fait déjà quinze minutes que je l'attends à la sortie du métro en plein centre de Paris. J'aurais préféré aller faire des courses à Val d'Europe mais Vincent n'aime pas ce centre commercial, il trouve que cela manque d'air. C'est vrai que c'est complètement différent en plein Paris, on respire l'air pur des voitures, des bouches d'égout…

C'est alors que je le vois débouler avec déjà plusieurs sacs de shopping à la main.

— Hello, ma poulette ! Comment vas-tu ?

— Ça va ! Et toi ? Je vois que tu ne m'as pas attendue pour commencer la séance de shopping !

— Je suis passé devant Dolce & Gabbana et Zara et je n'ai pas pu me retenir. Je me suis dégoté un petit pull et une chemise, tu m'en diras des nouvelles ! Enfin, désolé pour le retard.

— Je commençais juste à prendre racine, mais ça devrait aller !

Nous commençons alors à marcher le long des boutiques mais après à peine cent mètres, la question fatidique tombe.

— Alors au fait ? Ce premier cours la semaine dernière ? C'était bien ? Tu as appris des choses ? C'était intéressant ?

— Euh… Cela te dirait d'aller prendre un café avant le shopping, comme ça, je te raconterai tout en détail ?

— OK, pas de problème ! Tiens, rentrons dans celui qui est de l'autre côté de la rue, j'ai hâte que tu me racontes tout ça !

Le serveur nous place en terrasse, ce qui n'est pas pour nous déplaire. En cette mi-avril, les températures sont déjà élevées et aujourd'hui, le soleil brille. Je décide de commander un Monaco et Vincent prend un Coca.

— Bon alors ? Raconte-moi tout ! Mais à ta tête, ça ne s'est pas vraiment passé comme tu l'aurais souhaité, je me trompe ?

— Non, tu ne te trompes pas. Ça a été un vrai cauchemar !

— Pourquoi ça ?

— Pour commencer, je suis arrivée en retard à cause d'une réunion que je ne pouvais pas quitter et qui s'éternisait. Marie-Sylvie me surveille de très près en ce moment, elle a peut-être peur que je donne ma démission, elle perdrait son meilleur petit soldat. Enfin bref, je suis arrivée avec dix minutes de retard et qui est-ce que je vois en face de moi en arrivant ?

— Mark Wahlberg ?

— Vincent, je sais que c'est un de tes fantasmes de coucher avec Mark Wahlberg, mais je ne pense pas qu'il traverserait l'Atlantique pour assister à des cours de cuisine !

— Je sais, c'était pour détendre l'atmosphère, je te sens très nerveuse là ! Alors, qui était en face de toi ?

— L'autre asticot de la librairie !

— Non, ce n'est pas vrai ? Il va assister aux cours avec toi ?

— Non, enfin si… c'est lui, le pâtissier Elliott Lessage ! C'est lui qui donne les cours ! Je te jure, quand je l'ai vu avec sa toque sur la tête, il a d'abord fallu un certain temps d'adaptation à mon cerveau. Je me suis dit : ce n'est pas possible, je dois me tromper, il doit s'agir de son frère jumeau ! Mais vu la façon dont lui aussi me dévisageait, je me suis vite rendue à la triste évidence que j'avais affaire à la même personne qu'à la librairie. Alors là, je te dis franchement, j'ai failli partir en courant ! Supporter cet énergumène pendant trente heures ! Dix cours de trois heures !

— Oui Eva, merci, je sais compter !

— Et puis, je me suis ravisée, j'avais vraiment envie de suivre ces cours et puis, c'était ton cadeau, alors je suis restée.

— Et ?

— Et cela a été un vrai désastre. Pour un premier cours, devine ce qu'il nous a fait faire ?

— Je ne sais pas moi, une tarte à la framboise ?

— Ah non, ne parle pas de tarte, il y a un véritable obsédé des tartes au cours ! Mais cela dit, il a l'air gentil.

— Je ne sais pas alors, un gâteau au chocolat ?

— Non, des macarons !

— La seule chose que tu n'arrives pas à réaliser correctement et sur laquelle je t'entends pester à chaque fois que tu tentes d'en faire ! C'est justement la technique qu'il te manquait. Le cours a dû t'aider à comprendre ce qui clochait, non ?

— Non, en fait, j'étais tellement embarrassée que ce soit lui mon professeur que je me suis faite la plus petite possible. S'il y avait eu un trou de souris, je te promets que j'aurais réussi à rentrer dedans ! Je n'ai pas osé poser de questions pendant le cours et il n'a fait aucun effort avec moi non plus. Alors qu'il a beaucoup aidé les trois autres élèves, qui, soit dit en passant, sont vraiment débutants en pâtisserie, il n'est pas venu m'aider une seule fois alors qu'il voyait bien que certains de mes gestes n'allaient pas. J'ai bien écouté ce qu'il apprenait aux autres mais de toute façon, ce soir-là, j'étais tellement stressée que j'aurais raté une mousse au chocolat. Résultat, mes macarons ressemblaient à ceux que je fais d'habitude, ils étaient horribles.

— C'est vrai que c'est dommage pour les macarons, mais je pense que maintenant que tu sais que c'est lui ton professeur, le cours de ce soir se passera beaucoup mieux, tu seras moins stressée. Par contre, il faudrait qu'il y mette un peu du sien avec toi aussi.

Enfin merde, ces cours pédagogiques, je les ai payés ! Il a intérêt à être plus sympa avec toi sinon, c'est moi qui vais aller lui parler !

— En fait…

— Quoi ?

— Je lui ai déjà un peu parlé la semaine dernière…

— Non, ne me dis pas que tu t'es repris la tête avec lui ?

— Si, un peu quand même…

— Tu ne peux pas tourner ta langue sept fois dans ta bouche avant de parler, saperlipopette ! Tu t'es encore emportée trop vite, je te connais !

— Mais il m'avait lancé une vacherie sur mes macarons, je n'allais pas rester sans rien dire ! Je lui ai juste dit qu'il n'avait pas été sympa avec moi pendant le cours car il n'avait pas digéré le petit nom que je lui avais donné à la librairie.

— Et tu peux me dire comment tu l'avais appelé ?

— Sale macaque putride.

— Un macaque putride ? Ah oui, je comprends mieux pourquoi il t'en voulait maintenant !

— Et ensuite, il s'est moqué de mon petit problème, tu sais avec l'électricité et le gaz…

— Tes troubles obsessionnels compulsifs ?

— Mais ce ne sont pas de vrais TOC que j'ai ! J'ai

juste peur du feu donc je vérifie bien que les lumières et les plaques électriques soient éteintes.

— Oui, une bonne dizaine de fois. Et c'est encore pire avec le gaz.

— Oui et justement, dans son laboratoire, comme chez tous les grands pâtissiers, c'est du gaz ! Donc oui, j'ai vérifié un certain nombre de fois que mes brûleurs étaient bien éteints, mais ce n'était pas la peine de se moquer !

— Non, tu as raison, ce n'était pas correct de sa part. Même si c'est très énervant de te voir faire ça !

— Oh, ça va, on a tous nos petits défauts ! Je ne t'embête pas parce que tu te regardes dans tous les miroirs et reflets qui peuvent exister sur ton chemin !

— Bon, bon, donc au final, ça s'est terminé comment ?

— Je crois qu'on a réalisé tous les deux en même temps que trois paires d'yeux nous fixaient éberluées et Elliott s'est excusé de la petite dispute à laquelle elles venaient d'assister. Tu aurais dû voir la tête de Valérie, l'institutrice qui vient au cours, elle était choquée !

— Donc, vous êtes toujours en froid tous les deux, si je comprends bien ?

— Je pense sincèrement qu'il me déteste tout comme je le déteste mais ce n'est pas grave, je vais continuer à aller aux cours et faire comme si de rien n'était. Je vais être attentive aux conseils qu'il prodigue aux autres élèves et je vais faire de mon mieux pour réussir les recettes.

— Ah, je préfère ça, il faut penser positivement. Cela m'étonne quelque peu de ta part d'ailleurs. Mais bon…

— Mais bon quoi ?

— Moi, je pense qu'il y a baleine sous gravillon entre vous deux…

— Ton Coca te monte à la tête, Vincent !

— Oui, oui, je trouve juste cela bizarre que vous vous recroisiez en l'espace de deux semaines. Et comme par hasard, il a le même prénom que le héros de ton livre préféré. Si ça, ce n'est pas un signe !

— Enfin, cet Elliott-là est loin d'être un héros, je peux te le dire !

— Non, moi je te dis que ce n'est pas une coïncidence, ça s'appelle le destin, ma poulette ! Et puis, tout le monde sait que l'amour n'est qu'à quelques pas de la haine.

— Tu dis vraiment n'importe quoi, toi, parfois !

— On verra bien qui raconte des bêtises, c'est bien toi qui me disais qu'il était très mignon l'autre jour ?

— Oui, mais je n'aime pas les gens méchants.

— Vous êtes juste partis du mauvais pied tous les deux, à vous chamailler comme des enfants. Je suis sûr que c'est un mec bien. En tout cas, lorsque je l'ai eu au téléphone pour tes cours, je l'ai trouvé très sympa.

— C'est vrai qu'avec les autres élèves, il a été très gentil pendant le cours, toujours prêt à les aider, avec le sourire.

— Ah, tu vois ! Tu te trompes sur lui, je te dis !

— Bon, on verra bien. Il me reste neuf cours avec lui, peut-être que nous arriverons à nous parler de façon civilisée au bout du huitième...

— Et si on arrêtait de papoter maintenant et qu'on aille faire ce pour quoi nous sommes venus ?

— Tu as raison, il faut que je prenne des forces pour mon cours de ce soir, allons nous défouler dans les magasins ! Et nous avons plutôt intérêt à nous dépêcher si nous voulons faire toutes les boutiques que nous avons prévues avant mon cours de dix-huit heures, sachant qu'il est déjà quinze heures passées.

À peine partis du café, nous retraversons la rue pour nous ruer chez Ralph Lauren que j'adore et où je pourrais passer mon après-midi entière. Mais alors que je farfouille parmi les polos d'été, mon téléphone se met à vibrer.

— Oui, allô ?

— Mademoiselle Delacourt ?

— Oui, c'est moi.

Je vois Vincent se diriger vers moi avec un pantalon dans les mains tout en écoutant ce qu'on est en train de m'annoncer. Tout à coup, je sens mes jambes trembler et mon souffle devenir court. Les larmes aux yeux, je m'appuie sur Vincent qui se demande ce qui se passe. Quand je raccroche enfin, j'ai du mal à me calmer. Vincent s'inquiète.

— Qu'est-ce qui se passe, Eva ? Tu es toute blanche…

— Ma grand-mère… elle vient de faire une crise cardiaque.

— Oh, mon Dieu !

— D'après le médecin que je viens d'avoir au téléphone, elle est sortie d'affaire. Pour le moment, ils la gardent en soins intensifs en cardiologie. Il m'a appelée car elle leur a donné mon numéro, elle veut me voir. Oh mon Dieu, Vincent, si je la perdais, je ne sais pas ce que je deviendrais, lui dis-je en éclatant en sanglots.

Vincent me prend dans ses bras en essayant de me calmer.

— Écoute, ne t'inquiète pas, elle est entre de bonnes mains, elle ne risque plus rien à l'hôpital. Tu veux que je vienne avec toi ? Ça m'embête de te laisser prendre la voiture dans l'état où tu es.

— Non, c'est gentil mais je vais me calmer le temps de rentrer à l'appartement en RER et puis partir en voiture tranquillement après.

— D'accord, mais tu m'appelles quand tu es arrivée à l'hôpital, OK ?

— D'accord.

Une heure plus tard, je prends la voiture pour rentrer dans ma province natale, en Picardie au sud de l'Oise, où a toujours vécu ma grand-mère. Sur la route, je n'arrête pas de penser à ce que nous avons partagé toutes les deux. Depuis que je suis toute petite, elle a joué une place très importante dans ma vie. Mes parents et moi habitions le même village qu'elle. Lorsque j'étais enfant, elle venait me chercher à l'école et me faisait faire mes devoirs en attendant que mes parents rentrent du travail, et attention, je n'avais pas le droit à l'erreur ! Je dormais également chez elle lorsque mes parents partaient en déplacement pour leur travail ou lors de certains week-ends. Elle m'a quasiment élevée en fait, mais elle n'était pas facile à vivre. Alors bien sûr, nous avons eu plusieurs fois des accrochages avec son caractère de cochon ! Elle m'emmenait de force à l'église le dimanche matin, et passer des après-midi entières dans son jardin, alors que je préférais regarder la télévision ou aller jouer avec mes copines.

Et puis, en grandissant, au lycée et à l'université, j'ai accepté plus facilement son tempérament et nos rapports ont changé, elle est devenue une vraie confidente pour moi. Nous n'étions pas toujours d'accord mais le lien qui nous unissait était très fort. Nous nous sommes encore plus rapprochées lorsque mes parents ont décidé de déménager et d'aller vivre dans le sud de la France, il y a six ans. À part mon oncle veuf avec qui elle ne s'entend plus, je suis la seule famille qui lui reste à moins de cent kilomètres.

Je vais la voir le week-end aussi souvent que je le peux, nous discutons autour d'une grande tasse de thé puis je l'aide dans son jardin. Son jardin représente tout pour elle, surtout depuis qu'elle a perdu son mari. Elle y passe toutes ses après-midi et y cultive toutes sortes de fruits, légumes et plantes aromatiques, sans compter les fleurs et arbustes qui agrémentent celui-ci. Grâce à elle, je suis devenue incollable en horticulture !

Malheureusement, c'est en faisant trop d'efforts dans celui-ci qu'elle aurait eu son attaque, selon le médecin. Elle voudrait en faire autant que lorsqu'elle avait vingt ans mais elle oublie souvent que son cœur est celui d'une vieille dame de quatre-vingt-cinq ans. Cela fait plusieurs fois que j'essaie de lui faire entendre raison pour qu'elle diminue la superficie qu'elle cultive mais elle ne veut rien entendre. Peut-être que cette fois-ci, elle m'écoutera…

À dix-huit heures trente, je pousse la porte de l'hôpital où elle a été emmenée. Avant d'aller la voir, je demande à parler au médecin qui s'est occupé d'elle. Je le connais bien car il soigne déjà ma grand-mère pour son hypertension artérielle et j'ai l'habitude de l'emmener passer ses examens. Le docteur Bontin me reçoit dans son bureau au quatrième étage côté ouest, réservé à la cardiologie.

— Bonjour docteur.

— Bonjour, mademoiselle Delacourt.

— Que s'est-il passé exactement ?

— Votre grand-mère a fait ce qu'on appelle un infarctus du myocarde, ce qu'on appelle plus communément une crise cardiaque.

— Et cela est dû à quoi, selon vous ? Je croyais qu'il n'y avait que les hommes qui faisaient des crises cardiaques.

— Non, ils sont plus nombreux à en faire mais ce ne sont malheureusement pas les seuls. Comme vous le savez, l'hypertension artérielle de votre grand-mère s'est accentuée depuis quelques années et avec l'âge, les risques de faire un infarctus sont devenus plus élevés. Ajoutez à cela qu'elle fait des efforts physiques beaucoup trop importants pour son âge. Heureusement qu'elle a appelé les secours rapidement, sinon vous ne l'auriez probablement pas revue. Cette fois-ci, elle est tirée d'affaire et va déjà beaucoup mieux qu'hier mais...

— Mais il y a un risque que cela se reproduise, c'est bien cela ?

— Écoutez, je connais bien votre grand-mère et il faut qu'elle prenne soin d'elle et de son cœur. Et pour cela, elle doit absolument se reposer plus qu'elle ne le fait actuellement. Il faut qu'elle continue à avoir une activité physique régulière pour s'entretenir mais elle ne peut plus cultiver toute seule un jardin de la taille de l'hôpital ! Il y a toujours un risque que cela se reproduise mais si elle suit nos conseils et les vôtres, nous diminuerons ces risques considérablement. Encore faut-il qu'elle veuille bien prendre les médicaments que nous allons lui prescrire... Ce n'est déjà pas évident de lui faire prendre ses cachets pour son hypertension alors... Allez lui parler, elle vous écoutera davantage que nous.

— Merci docteur, vous savez dans quelle chambre elle se trouve ?

— La 405 je crois, mais vérifiez auprès de l'infirmière en sortant.

Après m'être assurée du numéro de la chambre, je fonce frapper à la 405. Lorsque j'entends ma grand-mère me répondre, je rentre et suis immédiatement frappée par tous les tuyaux et moniteurs qui se trouvent dans la pièce auxquels elle est reliée. Au moins, on ne peut pas dire qu'elle n'est pas suivie. Je la trouve assez pâle mais c'est peut-être un teint normal pour quelqu'un qui vient de faire une crise cardiaque. Elle me sourit et me dit :

— C'est à cette heure-ci que tu arrives ?

— Bonjour Mamie, lui dis-je en l'embrassant sur la joue. J'ai fait aussi vite que j'ai pu mais Paris n'est pas non plus la porte à côté ! Tu sais que tu m'as fait une de ces peurs !

— C'est de leur faute aussi à cette bande d'incapables, je leur avais dit de t'appeler ce matin. Mais ils ne voulaient pas que j'aie de visites avant cette après-midi. Vivement que je sorte d'ici, tu verrais ce qu'on m'a donné à manger ce midi, c'était infâme. De la bouillie pour animaux, tout au plus ! Sans compter que les infirmières sont aimables comme des portes de grange !

Au moins, je suis rassurée, si elle râle, c'est qu'elle va déjà beaucoup mieux !

— Est-ce que tu as vu mon médecin ? me demande-t-elle.

— Oui, je viens de le voir et il m'a expliqué ce qui t'était arrivé. Qu'est-ce que tu faisais hier après-midi ?

— Je retournais de la terre dans le jardin, j'ai des haricots verts et des betteraves rouges à semer. Et puis tout à coup, j'ai senti une violente douleur dans la cage thoracique qui ne voulait pas partir. J'ai pensé que je faisais une crise cardiaque, je suis rentrée tant bien que mal dans la maison et j'ai tout de suite appelé le SAMU. Et puis je me suis allongée et j'ai prié pour qu'ils arrivent à temps. Et tu vois, je suis toujours là !

— Heureusement. Quand j'ai reçu ce coup de téléphone, tu sais… j'ai cru que j'allais te perdre…

— Mais non, je suis plus solide que ça !

— Oui, jusqu'à la prochaine fois. Tu sais, on aura le temps d'en reparler mais le médecin est d'accord avec moi, il va falloir que tu te calmes sur le jardinage.

— Non, mon jardin, c'est toute ma vie.

— Oui, mais ta vie, c'est d'abord ton cœur et il faut que tu le préserves un peu plus que tu ne le fais.

— Écoute, on en a déjà parlé plusieurs fois, Eva, si je ne suis pas dans mon jardin, je ne vais pas bien alors laissez-moi tranquille avec ça !

— On ne te demande pas d'arrêter ton jardin mais il faut que tu te ménages davantage. Soit tu diminues ta surface à cultiver, soit tu embauches quelqu'un pour t'aider dans les tâches les plus ardues, comme le bêchage par exemple. Il faut que tu prennes soin de toi, Mamie, sinon cela risque de se reproduire. Tu as eu beaucoup de chance, hier.

— Je vais y réfléchir, c'est vrai que je n'ai pas encore envie de passer l'arme à gauche non plus.

— Non, et moi non plus.

— Je suppose que le médecin t'a dit qu'ils allaient me donner un traitement de plus après ce qui m'est arrivé hier ?

— Oui, tu vas avoir de nouveaux médicaments à prendre.

— Déjà que j'ai arrêté de prendre ceux pour la tension !

— Tu as quoi ?

— Oui, j'en avais marre de prendre ces foutus cachets alors j'ai un peu diminué la dose ces derniers temps.

— Mais ça ne va pas bien dans ta tête ! ne puis-je m'empêcher de crier. Tu sais que l'hypertension artérielle augmente de façon considérable le risque d'infarctus ! Et après, tu te demandes pourquoi tu es là ? Non mais tu as quel âge ?

— Non mais, dis donc jeune fille, je ne te permets pas de me parler sur ce ton, je suis ton aïeule ! Et puis, j'ai compris mon erreur, ne t'inquiète pas, cela ne se reproduira pas.

— Tu l'as signalé au docteur Bontin ?

— Non, et je ne tiens pas à ce que tu lui racontes !

— OK, mais en échange, tu vas prendre tous les

médicaments qu'ils te prescriront et tu vas faire ce qu'on te dit pour le jardinage.

— Comment oses-tu faire du chantage à ta pauvre grand-mère ?

— Oh, s'il te plaît, ne me fais pas le coup du vieux fossile ! Alors ?

— Alors, puisque c'est comme ça, c'est d'accord, je n'ai pas vraiment le choix de toute façon. Bon, et puis, changeons de sujet, veux-tu ? Parle-moi un peu de toi, cela fait au moins un mois que je ne t'ai pas vue. D'ailleurs, c'est vrai que tu aurais pu m'appeler, mais bon je sais qu'il ne faut pas trop t'en demander…

— Tu as décidé d'être désagréable aujourd'hui ?

— Non mais je n'ai parlé à personne de la journée, il faut bien que je m'exprime un peu !

— Eh bien dans ce cas, retiens-toi pour les infirmières, qu'on puisse continuer à avoir une discussion normale, sinon je m'en vais !

— Oui, tu as raison, excuse-moi. Je suis contente que tu sois là. Bon alors, comment va ton travail ?

— Mal. Je pense de plus en plus à démissionner.

— Mais cela fait des mois que je t'entends me dire ça et tu ne l'as toujours pas fait. Qu'est-ce qui t'en empêche, bon sang ? Tu ne vas pas rester toute ta vie à faire ce métier que tu n'aimes pas dans cette entreprise que tu n'aimes pas plus. Démissionne une bonne fois pour toutes et lance-toi dans la création de ton salon de thé !

— On en a déjà parlé, Mamie, ce n'est pas une décision si facile à prendre. Je n'ai pas assez de connaissances en pâtisserie pour l'ouvrir maintenant. Et puis je ne sais pas si je suis prête à me lancer dans cette entreprise en fait, je me dis que ce sera probablement un échec. Alors, je passe mon temps à hésiter, à douter, à changer d'avis, je vais au travail le matin en traînant des pieds, tout en me disant que je veux changer mais que je n'en ai pas le courage.

— Tu manques de confiance en toi, ma chérie, tu es tout à fait capable de réussir ton changement de voie. Nous ne sommes pas des idiots dans la famille, que diable ! Et puis, tu as un réel talent pour la pâtisserie, je n'ai aucun doute quant à ton succès dans ce domaine.

— Justement, Vincent m'a offert des cours de pâtisserie pour mon anniversaire.

— C'est une très bonne idée ! Pourquoi tu ne m'en as pas parlé plus tôt ? Pour une fois qu'il te fait un cadeau utile, celui-là.

— Eh bien, on ne peut pas dire qu'ils aient bien commencé, en fait.

Je lui raconte alors ma fâcheuse rencontre avec le pâtissier à la librairie et le déroulement désastreux du premier cours la semaine passée. À la fin de mon récit, elle ne peut s'empêcher de me faire remarquer :

— Ça ne m'étonne pas de toi, tout ça ! Si tu ne prenais pas la mouche aussi vite, tout cela ne serait pas arrivé !

— Voilà que ça va être de ma faute maintenant !

— À moitié seulement, ton pâtissier n'a pas été très tendre avec toi non plus. J'ai l'impression qu'il a un peu le même caractère que toi. Franchement, ça mène à quoi tous ces enfantillages ? Et ton prochain cours a lieu quand ?

— En ce moment même.

— Oh, je suis désolée de t'avoir fait manquer un de tes cours, je ne savais pas, me répond-elle toute gênée.

— Ce n'est pas grave, Mamie, il y a des choses plus importantes que des cours de pâtisserie dans la vie, lui dis-je en lui prenant la main. Et puis, autant cette après-midi j'étais motivée pour y retourner, autant ce soir je me dis que je devrais laisser tomber. J'ai loupé le deuxième cours sans prévenir personne, il va me détester encore un peu plus et le troisième cours sera un calvaire pour moi.

— Je t'arrête tout de suite, Eva, tu vas me faire le plaisir de continuer tes cours, et ce n'est pas négociable. À mon avis, ton pâtissier est loin de te détester et tu as une bonne raison pour ne pas y être allée aujourd'hui. Il suffira que tu lui expliques. Tu vas y retourner, c'est compris ?

— OK, OK, Mamie, je continuerai les cours !

— Bon, je préfère ça.

— Ce n'était pas la peine de t'énerver pour si peu !

— Écoute-moi bien, tu as la chance de pouvoir suivre des cours qui t'aideront peut-être à prendre la décision que tu n'arrives pas à prendre pour l'instant, alors oui, je tiens à ce que tu continues ces cours.

— Tu as peut-être raison…

— J'ai toujours raison ! Tiens, j'entends l'infirmière qui m'amène mon dîner, je vais encore avoir droit à de la pâtée pour chien ! Je vais en profiter pour lui dire ce que je pense de leur nourriture ici.

— Euh… justement, Mamie, il est temps que je parte. J'ai de la route à faire. Je te fais un bisou et je file !

— Merci d'être venue me voir, ça m'a fait plaisir, me dit-elle en m'embrassant également. Et n'oublie pas d'aller à ton cours la semaine prochaine, hein ?

— Oui, oui, je te raconterai comment cela s'est passé.

J'allais refermer la porte après avoir laissé entrer l'infirmière quand ma grand-mère me rappelle.

— Au fait, il s'appelle comment, ton pâtissier ?

— Elliott, pourquoi ?

— Non, comme ça, simple curiosité.

Avant de rentrer chez moi, je décide de faire un détour par un petit village proche de celui de ma grand-mère dans lequel habite une de ses très grandes amies, Monica, afin de la prévenir de la crise cardiaque de ma grand-mère. Mais peut-être est-elle déjà au courant, Monica est médium depuis plus de quarante ans. Je n'ai jamais vraiment compris comment elle faisait, mais depuis toute petite, je suis fascinée par ses dires qui se sont toujours révélés exacts. Je sais juste qu'avant de faire ce métier, elle était agricultrice et puis qu'un jour, elle a perdu son mari à quarante-trois ans. C'est en touchant une photo de lui qu'elle s'est rendu compte qu'elle pouvait communiquer avec les défunts.

Et puis, petit à petit, elle a compris que ce qu'elle ressentait à travers les photos ne concernait pas que les personnes disparues, mais également les vivants. Elle s'est aperçue qu'elle pouvait voir des choses sur les personnes, sur leur passé mais également sur leur avenir. Elle a alors décidé de se consacrer à cette activité pour pouvoir aider les gens. Depuis quarante ans, son don s'est développé et elle ressent parfois des choses sans même toucher une photo. Elle dit que c'est Dieu qui lui a confié une mission et qu'elle espère la remplir correctement. Ses prévisions peuvent parfois rester assez floues mais elles se révèlent souvent d'une exactitude déconcertante.

Ma grand-mère a l'habitude de la consulter mais moi, je n'ai jamais osé. Je trouve toujours cela bluffant quand j'apprends qu'une chose qu'elle a prédite s'est réalisée mais d'un autre côté, cela me fait peur. Je serais curieuse de savoir ce qui m'attend mais je n'ai pas envie d'apprendre qu'il me reste à peine un an à vivre ou que je vais avoir une maladie grave ou je ne sais quoi encore ! Même si c'est vrai qu'en ce moment, j'aurais bien besoin de ses lumières, je préfère rester maîtresse de mon destin et ne pas vivre ma vie en fonction de ce qu'elle pourrait prévoir pour moi.

Cependant, j'ai toujours une certaine appréhension quand je vais chez elle car même si elle sait et comprend que je préfère ne pas connaître mon avenir, elle a souvent des mots qui lui échappent. Lorsque j'ai passé mon bac, elle m'avait dit deux semaines plus tôt que je n'avais pas à m'en faire, ou bien lorsque j'ai passé mon permis pour la deuxième fois, elle m'a gentiment prévenu que de toute façon, ce n'était pas grave si je le loupais une fois de plus. Je l'ai eu au bout de cinq tentatives !

Peut-être que ce soir, j'y vais aussi inconsciemment en espérant qu'elle me rassure pour ma grand-mère.

Lorsque j'arrive devant chez Monica, il est vingt heures et je me dis qu'il est peut-être trop tard pour déranger une vieille dame, mais je n'ai même pas le temps de frapper à la porte que la voilà sur le palier, prête à me recevoir.

— Bonjour Eva, je t'en prie, entre.

— Bonjour Monica, lui dis-je en m'installant dans un fauteuil de son salon. Je m'excuse de te déranger à une heure si tardive mais je voulais venir te prévenir pour Mamie. Elle est à l'hôpital, elle a fait un infarctus.

— Merci d'être venue m'en parler mais je m'en doutais. J'étais dehors hier après-midi quand j'ai ressenti une douleur au thorax, je savais qu'il s'agissait d'Henriette. Nous sommes très proches, ta grand-mère et moi, je ressens encore plus les choses lorsque cela touche quelqu'un qui m'est cher. Mais ne t'inquiète pas, son heure n'est pas encore venue. Bien sûr, elle n'est pas éternelle, comme moi d'ailleurs, mais elle sera encore là pour t'embêter pendant quelques années.

— Merci de me rassurer, c'est vrai qu'elle m'a fait une belle peur, aujourd'hui. Mais je suis allée à l'hôpital, elle allait déjà beaucoup mieux ce soir !

— Ça ne m'étonne pas d'elle, tu sais, c'est une dure à cuire, ta grand-mère ! Et toi, comment vas-tu ?

— Ça va, on fait aller. Je vais devoir te laisser, j'ai de la route à faire, lui dis-je en essayant d'esquiver la conversation.

— Prends soin de toi alors, et ne t'inquiète pas, il n'y a pas que des chocolats avec de la liqueur dans la vie.

— Mais comment sais-tu que… je n'ai même jamais employé cette expression devant toi ou Mamie !

— Il y a des images ou des phrases qui me viennent en tête, tu sais bien que je ne sais pas comment l'expliquer.

— Tu m'épates quand même. Mais je préfère ne pas en savoir plus… Bonne soirée, Monica !

Sur le trajet retour, sa phrase résonne dans mes oreilles sans pour autant y trouver un sens. Qu'entend-elle par là ? Va-t-il enfin m'arriver quelque chose de bien ? Mais peut-être se trompe-t-elle ? Quand je rentre enfin chez moi, je suis toujours en train de réfléchir.

Chapitre 6

Vendredi 18 avril 2014 – Elliott

À la fin du premier cours, je prends toujours quelques notes sur chacun de mes élèves afin de pouvoir leur donner des recettes à réaliser lors du deuxième cours en fonction de leurs compétences. On peut dire que cette fois-ci, cela a été vite vu ! Mis à part Eva sur laquelle je n'ai rien écrit car, étant donné les circonstances, le cours ne m'a pas permis de voir réellement ses acquis en pâtisserie, les trois autres sont tous aussi nuls ! Il va vraiment falloir partir des bases avec eux !

Cependant, ils ont envie d'apprendre la pâtisserie, que ce soit pour eux ou pour faire plaisir à leur entourage, ils sont motivés. Finalement, c'est assez drôle d'avoir un groupe comme celui-là, j'ai l'impression de retourner à l'école pour passer mon CAP.

Quand ils arrivent à dix-huit heures, Eva n'est encore pas à l'heure. Mais cette fois-ci, je décide de ne pas l'attendre pour commencer le cours. Je me dis qu'elle le prendra en cours de route. J'en profite pour demander aux trois autres élèves s'ils ont tenté de refaire des macarons depuis une semaine. Je suis content d'apprendre que Patrick a essayé d'en faire à sa famille dimanche dernier. D'après lui, ses enfants ont apprécié le geste, même si ses macarons n'étaient pas parfaits, mais cela n'a pas eu l'air de satisfaire son épouse qui lui a fait la remarque qu'ils n'étaient même pas ronds. Pauvre Patrick, qu'est-ce que je le plains !

Valérie m'avoue ne pas avoir eu le temps d'en refaire car elle doit terminer un pull en laine pour une de ses nièces et Angelo n'a pas eu le temps non plus car il a eu trop de travail. Je leur conseille juste de retenter la recette d'ici deux semaines sinon ils risquent d'oublier les gestes et astuces que je leur ai montrés la semaine dernière.

Aujourd'hui, j'ai prévu de leur faire faire des mousses, en commençant par deux mousses au chocolat différentes, une à base de blancs d'œufs et une à base de crème anglaise, puis une mousse à la framboise. C'est en général ce que je demande au deuxième cours lorsque je travaille avec des débutants.

Dans un premier temps, j'exécute moi-même la recette pour leur montrer comment réaliser la mousse puis c'est à eux de reproduire mes gestes. Pour la mousse au chocolat à base de blancs d'œufs, qui est la plus simple, je me suis dit que tout allait rouler comme sur des roulettes. Eh bien non ! Patrick nous fait gentiment brûler le chocolat dans le cul-de-poule tandis que Valérie, qui n'a pas monté assez ses blancs en neige, nous réalise une mousse toute flasque avec des blancs d'œufs liquides au fond. J'ai beau être derrière eux, je ne sais pas comment ils se débrouillent, mais ils parviennent toujours à rater quelque chose dès que je m'occupe de quelqu'un d'autre !

Au vu des résultats de la première mousse réalisée, je décide de prendre plus de précautions pour la deuxième. En effet, la cuisson de la crème anglaise, dite à la nappe, étant assez délicate, je surveille de très près leur cuisson à tous les trois. Je suis donc fier de moi lorsque je vois qu'ils l'ont tous les trois réussie. Mais je ne pense pas à la deuxième difficulté de cette recette qui consiste à mettre la mousse dans un siphon, ce petit appareil dans lequel on insère une cartouche de gaz avant de mettre au frais la préparation quelque temps. Bien sûr, je leur ai montré comment se servir d'un siphon mais peut-être n'ai-je pas été assez clair...

Lorsque nous sortons les siphons du réfrigérateur et que je leur montre comment vider la mousse dans les verrines prévues à cet effet, je ne fais pas spécialement attention à Angelo qui appuie sur son siphon pour le vider et tout à coup, c'est la catastrophe ! Ma cuisine est entièrement recouverte de chocolat ! C'est simple, on dirait Tchernobyl ! Je pense qu'il n'a pas assez secoué son siphon comme je l'avais pourtant précisé et que tout le gaz est sorti d'un coup, ou bien que la cartouche était défectueuse. En deux ans de cours, je n'ai jamais vu ça ! Je n'ai jamais eu un cours aussi catastrophique ! Mais je ne peux même pas m'énerver contre eux, ils sont bien intentionnés, ce sont juste trois australopithèques de la pâtisserie !

— Je suis vraiment désolé mais c'est parti tout seul ! lance Angelo.

— Tu aurais quand même pu faire attention, lui rétorque Valérie, j'en ai plein dans mon chignon !

— C'est vrai, j'en ai plein sur mon pantalon aussi, ronchonne Patrick.

C'est en les entendant se disputer que je me rends compte qu'Eva n'est toujours pas là. Voilà maintenant deux heures que le cours a commencé, elle ne viendra plus. Elle ne m'a pas appelé pour me prévenir d'un empêchement quelconque, elle a donc sûrement décidé d'arrêter les cours à la suite de celui de la semaine dernière. J'ai beau me dire que je suis content, satisfait d'être enfin débarrassé de la pimbêche de la librairie, quelque chose me turlupine. Mais je n'ai pas vraiment le temps de réfléchir avec les trois zouaves que j'ai en cours en ce moment ! Je reprends vite mes esprits et essaie de calmer le jeu entre mes trois catastrophes ambulantes.

— En effet, c'est fâcheux, leur dis-je à tous les trois, mais Angelo ne l'a pas fait exprès et si vous n'y voyez pas d'inconvénient, Valérie et Patrick, nous allons l'aider à nettoyer tout ce chocolat. Malheureusement, ce sont des choses qui peuvent arriver avec un siphon. Par contre, je pense que nous n'aurons pas le temps de terminer la mousse à la framboise que nous avons commencée en attendant que refroidissent les siphons, je vous laisserai donc la recette et vous essaierez de la réaliser chez vous. Vous me direz la prochaine fois les difficultés que vous avez rencontrées. Bon, maintenant, tous à nos éponges !

Quand le cours se termine et que la cuisine est enfin nettoyée, les esprits se sont calmés et Valérie et Patrick ne semblent plus en vouloir à Angelo. Mais pour être sûr de les voir revenir, je me sens obligé de leur offrir à tous les trois une heure de cours en plus des trente heures prévues dans le forfait.

En sortant à vingt et une heures, je prends la direction de la maison de mon frère, située à quelques kilomètres à l'ouest de Paris. Ce soir, Julia et lui m'ont invité à dîner. Alors que je roule sur le périphérique, je ne peux m'empêcher de repenser à la première fois où Adam m'a parlé de Julia. Il était encore au lycée, en terminale, lorsqu'une après-midi où je venais le chercher en voiture, il me l'a montré du doigt en me disant :

— Tu vois cette grande brune aux yeux noisette ? Elle est dans ma classe et j'aimerais bien me marier avec elle quand je serai plus vieux.

Mais s'il y a bien une chose à savoir sur Adam, c'est qu'il est timide avec les filles et qu'il s'agit du plus mauvais dragueur que je connaisse ! De la lettre d'amour aspergée d'un litre d'eau de toilette aux bouquets de roses rouges envoyés tous les deux jours chez elle en passant par les sorties entre copains pendant lesquelles il n'arrêtait pas de lui sortir des blagues pourries, il lui a surtout montré à quel point il pouvait être lourd ! Et pourtant, Julia m'a avoué depuis, que c'est ce côté timide et maladroit qui l'a séduite à l'époque.

Toujours est-il que douze ans plus tard, mon petit frère est marié à celle qu'il a toujours aimée et qu'ils vont bientôt accueillir leur premier enfant. On dit souvent que les amours de jeunesse ne durent pas, que l'évolution personnelle de chacun a tendance à séparer les couples qui se sont formés à l'adolescence mais ce n'est pas le cas d'Adam. Je n'ai jamais vu un couple aussi solide que celui de mon frère et je suis prêt à parier que Julia et lui fêteront un jour leurs noces d'or.

Notre vie ensemble n'aura duré que quatre ans mais s'il n'y avait pas eu cet accident, je suis certain que Claire et moi serions également devenus un couple qui dure comme celui d'Adam et Julia. Malheureusement, le destin en a décidé autrement, même si pour moi, l'anneau présent à mon annulaire reste le symbole d'un amour indéfectible jusqu'à la fin de ma vie.

Je me souviens de la première fois où j'ai présenté Claire à Adam et Julia. Ils nous avaient invités pour un barbecue un dimanche midi, dans le jardin de leur précédente maison. Tout était parfait. Le soleil était au rendez-vous, Claire s'entendait très bien avec Adam et Julia et leurs voisins collants n'étaient pas dans les parages. Jusqu'au moment où Adam nous a servi les chipolatas et merguez du barbecue. Elles étaient tout simplement carbonisées, ce qui n'avait pas l'air de le déranger outre mesure. J'avais en effet omis de raconter ce détail à Claire avant de venir. Adam était un piètre cuisinier. Pour nous deux qui essayions de faire chaque jour de la cuisine un art, c'était juste abominable. Claire, qui n'avait pas sa langue dans sa poche, lui a lancé :

— Dis donc, elles sont bien grillées, tes saucisses, Adam !

— J'aime quand elles sont bien cuites.

— C'est sûr que pour être cuites, là... elles sont cuites ! lui a-t-elle rétorqué en partant dans un fou rire incontrôlable.

J'étais gêné devant Adam et Julia qui restaient perplexes, mais le rire communicatif de Claire nous a tous gagnés et Adam a reconnu qu'elles étaient peut-être un peu trop restées sur le feu.

C'est en repensant à cet épisode des saucisses brûlées que je me demande à quelle sauce je vais être mangé ce soir. Parce que le problème, c'est que Julia est aussi bonne cuisinière qu'Adam, si ce n'est pire !

Lorsque nous allions manger chez eux avec Claire, nous prévoyions toujours quelque chose à grignoter à l'appartement pour le retour, au cas où. C'était notre petit secret et cela nous amusait beaucoup. Et nous avons utilisé notre réserve de survie plus d'une fois ! Mais ce soir, j'espère qu'il n'y aura pas de problème car je n'ai plus rien dans mon réfrigérateur !

Lorsque j'arrive au portillon du jardin de la maison, Lucky, leur saint-bernard, comme à son habitude, me fait la fête en me couvrant de léchouilles. Ce n'est pas que je n'aime pas ça, mais je trouve qu'arriver chez les gens avec un kilo de bave sur le visage n'est pas des plus présentables.

— Lucky ! Arrête de sauter sur Elliott ! crie Adam du pas de sa porte d'entrée.

— Ne t'inquiète pas, je maîtrise la situation, lui dis-je en essayant d'enlever de mes épaules les troncs d'arbre qui servent de pattes à Lucky.

— En même temps, je comprends pourquoi il te saute dessus, tu as du chocolat sur la joue droite, me lance Adam lorsque je parviens enfin à la porte de la maison.

— Oh mince ! Je croyais avoir tout nettoyé. J'ai eu quelques soucis avec mon dernier cours de la journée.

— Il va falloir que tu me racontes ça ! Allez, entre !

En pénétrant dans la maison, j'aperçois Julia qui s'affaire dans la cuisine.

— Salut Julia, comment vas-tu ? Waouh ! Tu ressembles de plus en plus à une baleine !

— Oh, t'exagères Elliott, c'est tout au plus un petit baleineau ! me reprend Adam en adressant un clin d'œil malicieux à Julia.

— Vous deux, si vous m'insultez encore une fois, vous ne mangez pas ce soir ! nous répond-elle en riant.

Je saute sur l'occasion pour lui demander le contenu du repas.

— Qu'est-ce que tu nous prépares de bon ?

— Des tagliatelles à la carbonara. Au moins, c'est un plat simple que je réussis à chaque fois.

— Dieu soit loué ! ne puis-je m'empêcher de répondre avec un soupir de soulagement.

— Tu sous-entends quoi au juste, que je suis nulle en cuisine ? me demande-t-elle d'un air interrogateur.

— Non, je… euh… je voulais juste dire que c'est une très belle soirée qui s'annonce, nous trois réunis autour de ce bon plat de pâtes, c'est plutôt cool !

— Ah, oui, je suis d'accord ! Même si la soirée risque d'être assez courte pour moi, je suis complètement crevée.

— C'est normal à plus de sept mois de grossesse, non ?

— Oui mais tu sais, j'ai hâte qu'il sorte de mon ventre, ce bébé, je n'en peux plus !

— Elle me rabâche ça tous les soirs, intervient Adam dans la conversation.

— On voit bien que ce n'est pas toi qui supportes le ballon de basket qui me sert de ventre !

Je sens que c'est le moment d'intervenir avant qu'ils ne se chamaillent.

— Bon, si nous passions à table ? Je meurs de faim !

— Tu as raison, répond Julia, je termine ma sauce et c'est prêt dans cinq minutes. Allez vous asseoir, j'arrive.

— OK, chef ! lui lance Adam.

Cinq minutes plus tard, nous voyons Julia arriver à table avec un plat dans la main, la mine dépitée.

— Qu'est-ce qui se passe, ma chérie ? s'inquiète aussitôt Adam.

— Rien de grave… mais j'ai raté les pâtes.

J'aurais dû me douter qu'il ne pouvait en être autrement !

— Comment ça, tu as raté les pâtes ? Elles sont trop cuites ?

— En fait, j'ai oublié d'enlever les blancs d'œufs dans ma sauce et tout a coagulé, il y a plein de grumeaux.

Adam et moi jetons alors un œil dans le plat. Mon frère relève la tête et se met à rire.

— C'est horrible ! On dirait des pâtes aux lardons avec du sperme !

— Oh, Adam ! Tu es dégoûtant ! Arrête de te moquer, ce n'est pas si horrible que ça ! se défend Julia.

La tête toujours penchée dans le plat de pâtes, j'essaie de me contrôler pour ne pas rire à mon tour mais je dois reconnaître qu'Adam n'a pas tort, on dirait bien du sperme, et on ne peut pas dire que ce soit des plus appétissants ! Malgré tous mes efforts pour me retenir, je sens un rictus se former sur mon visage et finis par rejoindre Adam dans son fou rire en priant Julia de bien vouloir nous excuser.

Après avoir finalement mangé les tagliatelles dans la douleur et parlé de sport et de grossesse pendant une bonne demi-heure, nous terminons nos glaces Magnum, un dessert qui reste une valeur sûre chez mon frère et sa femme. Nous débarrassons ensuite la table et une fois la vaisselle rangée, Julia nous annonce qu'elle va se coucher, trop fatiguée pour prendre un dernier verre de jus de fruits avec nous.

Alors qu'Adam et moi nous installons confortablement dans les fauteuils en cuir marron du salon, une bière à la main, mon frère repense au chocolat que j'avais sur le visage en arrivant chez lui.

— Au fait, tu ne m'as pas raconté comment ce chocolat était arrivé sur ta joue ?

— Pour faire court, un de mes élèves a bidouillé je ne sais trop quoi avec son siphon et il a complètement repeint la cuisine avec de la mousse au chocolat. Il y en avait partout, y compris sur nous bien sûr, c'était juste l'apocalypse.

— Te connaissant, cela a dû bien t'énerver ! Tu l'as engueulé comme il faut, je suppose ?

— Je ne pouvais même pas ! Les élèves que j'ai à ce cours-là sont vraiment mauvais, ils n'y connaissent rien à la pâtisserie, mais ils ont la volonté de réussir et ils se démènent pour arriver à quelque chose, et qui plus est, ils me sont sympathiques. Ce qui n'est pas le cas de mes élèves du lundi après-midi, qui sont tout aussi mauvais, mais qui ne montrent aucune envie d'apprendre et qui sont d'une lenteur à défriser un caniche !

— Si je comprends bien, tu t'éclates pendant tes cours, en ce moment. Ah non, j'oubliais, ce sont les siphons qui s'éclatent chez toi !

— Ah, ah, ah, très drôle ! En tout cas, je ferai plus attention la prochaine fois car en s'y mettant à quatre, on a quand même mis une heure à tout nettoyer correctement.

— À quatre ? Mais ce ne sont pas des cours de quatre personnes ? Il y en a un qui est resté à vous regarder nettoyer ?

— Non, en fait, à la base, c'était bien un cours avec quatre élèves mais ils ne sont plus que trois.

— Au bout de combien de cours ?

— Deux.

— Tu as réussi à en faire fuir un dès le premier cours ? Tu t'améliores, dis donc !

— Oh, ça va ! C'est une fille avec qui je me suis pris la tête la semaine dernière.

— Tu t'es engueulé avec elle pendant le cours ? À propos de quoi ?

— Oh, c'est compliqué…

— Raconte ! Tu sais que j'aime bien faire ma commère.

Là, je me dis que c'est foutu. Moi qui n'aime pas mentir, je ne vais pas pouvoir cacher encore bien longtemps à mon frère l'accrochage de la librairie.

— En fait, nous nous étions déjà rencontrés une fois, il y a quelques semaines et cela s'était très mal passé. Résultat, quand je l'ai vue arriver au cours la semaine dernière, je n'avais vraiment pas envie de m'occuper d'elle et je n'ai aidé que les trois autres. J'ai peut-être un petit peu exagéré d'ailleurs. Toujours est-il que nous avons fini par nous disputer à nouveau devant les autres élèves, la classe quoi !

— Et pourquoi votre première rencontre s'est-elle mal passée ? Vous vous êtes rencontrés comment ?

Là, c'est vraiment foutu. Je vais me faire passer un savon.

— Euh… en fait… c'était le jour où je te remplaçais à la librairie…

— Ne me dis pas que tu t'es encore pris la tête avec une cliente ! explose soudain Adam. Non, ce n'est pas possible ! Tu ne peux décidément pas garder la librairie quelques heures sans qu'il y ait un problème ! Je t'avais pourtant dit d'être aimable et courtois avec les clients ! Qu'est-ce qu'elle a fait, cette malheureuse, pour que tu t'énerves encore une fois ? Il y avait d'autres clients à ce moment-là qui ont vu la dispute ? Tu t'es excusé devant eux au moins ?

— Oh là là ! Calme-toi ! Il n'y avait plus personne dans la librairie, enfin je crois, c'était juste avant la fermeture. J'étais en train de faire de la mise en rayon et elle ne trouvait pas un livre. Elle m'a demandé si je pouvais regarder dans les cartons s'il y était, ce que j'ai refusé car j'allais fermer. Elle a commencé à râler et je l'ai envoyée paître en disant qu'elle trouverait son livre en grande surface et que nous n'avions pas besoin d'elle dans cette librairie. Elle m'a insulté et elle est partie en claquant la porte. Voilà, tu sais tout. Mais sinon, il y a eu beaucoup de monde à la librairie cette après-midi-là, lui dis-je en essayant de noyer le poisson.

— Dites-moi que je rêve ! Tu l'as envoyée chez mes concurrents ? Ça ne va pas bien dans ta tête ? Pourquoi n'as-tu pas mis une pancarte : « Fuyez cette librairie, elle pue ! » pendant que tu y étais ? Tu sais très bien que je n'ai pas besoin de perdre de clients en ce moment. Qui sait ce qu'elle va aller raconter autour d'elle ! Tu aurais au moins pu faire semblant de chercher dans ces foutus cartons ! Combien de fois je te l'ai répété, le client est roi ! Ce n'est tout de même pas difficile à enregistrer ! Et tu comptais m'en parler quand ?

— Bah, jamais en fait.

— De mieux en mieux !

— Bon OK, excuse-moi, je reconnais que je n'ai pas été très fin sur ce coup-là en l'envoyant ailleurs. Et tu as raison, j'aurais pu être un peu plus conciliant avec elle.

— Ça, c'est sûr ! En tout cas, je comprends qu'elle t'en veuille, tu t'es comporté comme un goujat !

— Oui, ça, Eva a su me le dire.

— Elle s'appelle Eva ? Joli prénom. Enfin bref, si en plus tu as récidivé ton comportement puéril lors de son premier cours de pâtisserie, ce n'est pas étonnant qu'elle ne soit pas venue aujourd'hui ! Et tu devrais avoir honte de toi, parce qu'au prix où sont tes cours, tu aurais pu faire un effort avec elle. Si ça se trouve, ces cours étaient vraiment importants pour elle.

Je sais maintenant ce qui me trottait dans la tête pendant le cours de ce soir. C'est le visage d'Eva lorsqu'elle a quitté le cours la semaine dernière. Elle avait les yeux remplis de tristesse. Peut-être qu'Adam a raison, peut-être que ces cours avaient une réelle signification pour elle et qu'elle a été très déçue. C'est vrai qu'elle m'a dit pratiquer régulièrement la pâtisserie, elle avait peut-être vraiment envie de s'améliorer et de se perfectionner. Et dans ce cas, je n'ai pas rempli mon rôle. Je donne ces cours pour me rendre utile aux gens, leur prodiguer des conseils et je n'ai rien fait de tel avec Eva.

— Tu as raison, dis-je à Adam.

— Content de te l'entendre dire !

— J'appellerai Eva en rentrant ce soir pour m'excuser de mon comportement de vendredi dernier et lui demander de revenir aux prochains cours. Je dois avoir son numéro de téléphone qui a été renseigné lors de l'inscription.

— Voilà une très bonne idée. Et par la même occasion, tu pourras t'excuser de ton attitude à la librairie et lui glisser qu'elle sera toujours la bienvenue dans mon commerce.

— Il ne faut pas exagérer quand même, j'ai un minimum d'amour-propre !

— Oh, ça, malheureusement, je sais ! me lance Adam en levant les yeux au ciel. Mais tu devrais y aller, si tu veux l'appeler ce soir, car il est déjà presque vingt-trois heures.

— Oui, je vais rentrer. Je préfère régler ça ce soir, sinon ça va me trotter dans la tête jusqu'à demain. Et puis j'ai assez vu la tienne pour aujourd'hui !

— J'allais te dire la même chose, ça tombe bien ! me lance Adam sur le même ton sarcastique.

Quand je rentre enfin chez moi, il est vingt-trois heures trente passées. J'adore l'ambiance qui règne dans cet appartement parisien que nous avons acheté, Claire et moi, deux ans avant l'accident. À l'époque, elle avait tout décoré avec grand soin, mélangeant habilement le moderne et l'ancien, les couleurs vives et pastel. Elle avait ainsi réussi à créer une atmosphère chaleureuse et conviviale que nous enviaient tous nos proches.

Quand elle est morte, j'ai longtemps hésité à le revendre. Cela a été très dur au début car chaque centimètre carré de l'appartement me rappelait Claire. Adam me conseillait de partir car il pensait que les souvenirs heureux que j'avais dans l'appartement m'empêchaient de sortir de la dépression dans laquelle j'étais plongé. Mais quand je suis enfin allé mieux, je me suis rendu compte que cet endroit était le seul lien que j'avais encore avec Claire en plus de mon alliance. Je ne pouvais pas m'en séparer. Depuis, j'ai pris du recul, et même si je pense encore souvent à Claire en lisant sur le canapé ou en faisant mon lit le matin, je m'y sens bien, je m'y sens chez moi, comme le premier jour où nous avons emménagé.

En entrant dans mon bureau, ce soir, je me dépêche de regarder dans l'ordinateur si j'ai le numéro de téléphone d'Eva. Je suis soulagé de voir que son ami a pris la peine de renseigner son numéro de portable lors de l'inscription aux cours. À cette heure-ci, il y a une chance sur deux pour qu'elle soit déjà couchée. Mais je préfère tenter le coup, quitte à me faire insulter à nouveau.

Au bout de trois sonneries, une voix endormie finit par répondre.

— Allô ?

— Oui, bonsoir, c'est Elliott Lessage à l'appareil. J'espère que je ne te réveille pas.

— Cela doit faire une bonne demi-heure que je dors, il est quand même presque minuit. Et j'étais justement en train de cauchemarder de toi.

— Ah bon ?

— Oui, je te balançais des couteaux de boucher à la figure puis tu te sauvais en courant et criais que tu voulais ta maman.

Là, effectivement, elle doit m'en vouloir ! Je ne me laisse pas démonter pour autant et préfère m'excuser de l'avoir réveillée.

— Je suis désolé de t'avoir sortie de ce rêve plutôt cocasse mais je t'appelle car tu n'es pas venue au cours d'aujourd'hui.

— Euh… oui, je sais…

L'hésitation qui plane dans sa voix me laisse supposer que j'ai raison, elle ne compte probablement pas revenir aux prochains cours. Je prends alors une profonde inspiration pour faire mon *mea culpa.*

— Écoute, je m'excuse pour le cours de la semaine dernière. Je reconnais que je n'ai pas été très sympa avec toi, j'aurais dû t'aider davantage pour les macarons. Alors, comme ton ami a payé l'ensemble des cours, j'espère que tu reviendras aux prochains.

— Oui, je comptais venir la semaine prochaine, mais aujourd'hui, j'ai eu un empêchement.

Mince, alors les excuses n'étaient pas nécessaires ! C'est plutôt elle qui devrait m'en faire pour ne pas m'avoir prévenu !

— Dans ce cas, la prochaine fois, si tu as encore un empêchement, ce serait gentil de m'appeler, lui dis-je d'un ton réprobateur.

— Je suis désolée, ma grand-mère a fait une crise cardiaque, je suis allée à l'hôpital et j'ai complètement oublié de te prévenir que je ne viendrais pas.

— Oh, ce n'est pas grave… Je comprends… Et comment va ta grand-mère ? lui dis-je en me sentant idiot.

— Beaucoup mieux mais j'ai vraiment eu très peur. Je tiens énormément à elle et je ne sais pas ce que je serais devenue si elle n'était plus là, me répond Eva d'une voix trahissant une émotion sincère et troublante.

— Le plus important, c'est qu'elle s'en soit sortie, lui dis-je pour la rassurer.

— Oui, tu as raison. Enfin, pour en revenir aux cours, je serai bien là vendredi prochain, si aucune tuile ne me tombe dessus d'ici là.

— Je ne l'espère pas pour toi. Dans ce cas, je ne t'embête pas plus longtemps. Je te dis à la semaine prochaine et bonne nuit.

— Merci, bonne nuit à toi aussi.

Quand je raccroche, je me dis que j'ai bien fait d'appeler Eva. Le fait que je me sois excusé nous fera partir sur des bases un peu plus saines lors du prochain cours.

Tout en me déshabillant dans la salle de bains, je repense à la conversation que je viens d'avoir au téléphone, et je dois avouer que je me suis peut-être trompé sur Eva. Finalement, elle n'a pas l'air si désagréable que cela…

Chapitre 7

Vendredi 25 avril 2014 – Eva

On peut dire que je suis contente que ma journée de travail soit enfin terminée ! Depuis huit heures ce matin, je cours dans tous les sens au bureau avec une réunion sur la nouvelle crème hydratante par-ci, une étude sur la performance du dernier rouge à lèvres *ultra-glossy* à rendre à un client interne par-là, sans compter les problèmes de ressources humaines auxquels nous avons été confrontés aujourd'hui.

Comme beaucoup d'entreprises en ce moment, Cosméo subit la crise de plein fouet avec un chiffre d'affaires en baisse de moins quinze pour cent par rapport à l'année dernière. Même si la rumeur d'un plan social nous vient aux oreilles depuis quelque temps, la direction n'a pour le moment communiqué aucune information allant dans ce sens. Mais ce qui se joue en réalité est en fait beaucoup plus sournois.

Depuis quelques semaines, les départs forcés ont fortement augmenté, touchant principalement des postes de direction. Certains sont passés dans mon *open space* pour dire au revoir à l'ensemble de l'équipe dans laquelle je travaille, nous tenant un discours assez confus quant aux réelles raisons de leur licenciement. Mercredi, nous avons été choqués d'apprendre que la directrice produit du maquillage avait été convoquée au service des ressources humaines le matin et reconduite à la porte d'entrée *manu militari* avec ses affaires par le service de sécurité le midi même. Jusqu'à présent, cela ne me touchait pas personnellement car ce n'étaient que des connaissances de travail. Mais aujourd'hui, j'ai réellement été outrée de ce qui s'est passé.

Ce matin, alors que j'envoyais un mail à l'un des directeurs produit récapitulant les différentes étapes de notre étude à venir sur la cible du dernier shampooing antipelliculaire, j'ai vu Marie-Sylvie convoquer Mélanie dans son bureau.

Mélanie est une de mes rares collègues que je considère comme une amie. Quand je suis arrivée à Cosméo, nous avons rapidement sympathisé car nous nous sommes rendu compte que nous avions beaucoup de points communs. D'origine provinciale et rurale tout comme moi, elle est venue à Paris pour le travail, plus par nécessité que par envie de vivre à proximité ou dans la capitale et tout comme moi, elle a eu du mal à se faire à cette nouvelle vie. Non pas que nous n'aimions pas Paris qui est une ville magnifique, mais alors que nos collègues ne parlent que de la prochaine soirée *after work*, nous préférons penser à notre prochaine balade en forêt.

Pour le travail aussi, nous avons la même vision des choses. Toutes les deux très compétentes dans nos domaines respectifs, nous sommes connues pour notre franc-parler et ne cherchons pas à gravir les échelons en jouant les hypocrites avec nos chefs comme le font certains guignols qui travaillent avec nous. Malheureusement, je pense que c'est en partie cela qui a causé du tort à Mélanie aujourd'hui.

Lorsqu'elle est ressortie du bureau de Marie-Sylvie, elle était en pleurs et s'est ruée vers les toilettes. J'ai attendu trente secondes puis l'ai rejointe, la trouvant en train de s'essuyer les yeux au-dessus des lavabos.

— Qu'est-ce qui se passe, Mélanie ?

— Il se passe que je suis virée !

— Quoi ? Comment ça ? Et surtout pour quel motif ?

— Marie-Sylvie m'a dit qu'on lui avait demandé

de supprimer un poste dans son équipe à cause de coupures budgétaires et c'est tombé sur moi, voilà tout ! Je suis vraiment dégoûtée, je me démène pour faire mon travail du mieux que je peux, je finis presque tous les jours à vingt heures trente et c'est comme ça que je suis remerciée ? Je suis écœurée !

— Mais ils n'ont pas le droit de faire ça !

— Je ne sais pas mais je peux te dire que je vais les attaquer aux prud'hommes et ça ne va pas traîner !

Ce que Mélanie venait de m'apprendre me sciait complètement les pattes ! Finalement, nous n'étions vraiment que des numéros pour l'entreprise. Et triste ironie du sort, alors que je n'avais toujours pas trouvé le courage de donner à Marie-Sylvie la lettre de démission qui se trouve sur ma table basse, c'est Mélanie qui était licenciée. En sortant des toilettes, j'étais révoltée d'une telle injustice. Je me suis dirigée d'un pas ferme vers le bureau de ma directrice et sans prendre la peine de frapper, je me suis emportée.

— Pourquoi supprimez-vous le poste de Mélanie ? Vous n'avez qu'à supprimer le mien !

— Eva, calmez-vous enfin ! Je ne peux pas supprimer votre poste pour la simple et bonne raison que votre travail en géomarketing est indispensable dans cette équipe et que vous êtes la seule à savoir le faire. Alors que les tâches de Mélanie peuvent être redistribuées beaucoup plus facilement à l'ensemble de l'équipe.

— Parce qu'en plus, il va falloir que nous fassions son travail en plus du nôtre ? Dans ce cas, vous n'avez qu'à virer Julien, il passe sa journée à faire le coq avec les filles et il n'en branle pas une !

— Vous savez très bien que je ne peux pas. Julien est le neveu du directeur de la communication.

— Donc, vous préférez licencier quelqu'un qui travaille bien et dur plutôt que d'écorner l'image du service ? Vous voulez que je vous dise ? Je trouve ça vraiment nul !

— Écoutez-moi bien Eva, je n'ai pas à justifier mes choix auprès de vous. Je vais mettre votre colère sur le compte de votre amitié avec Mélanie mais maintenant, ça suffit. Vous allez retourner à votre bureau et vous remettre au travail. Fin de la discussion.

Une fois de plus, le ton d'une froideur extrême qu'elle a employé m'a cloué le bec. Je suis sortie de son bureau le cœur lourd en me disant que je haïssais vraiment cette vieille chouette. Et jusqu'à ce que je pousse la porte de sortie de Cosméo, il y a cinq minutes, je n'ai pas arrêté de ressasser cette histoire dans ma tête, en arrivant toujours à la même conclusion : il est grand temps que je quitte cette entreprise de fous en costumes trois-pièces.

Maintenant que la journée est enfin finie, je préfère mettre les interrogations sur ma vie professionnelle de côté et me consacrer à mon week-end qui s'annonce bien rempli. Demain, je dois absolument faire mon ménage avant que les moutons ne deviennent des mammouths puis je dois aller réconforter ma copine Bénédicte qui vient d'être quittée par son petit ami. Là, je crois que j'en ai pour un moment ! Et pourtant, on ne peut pas dire que ce soit une grosse perte. Son copain était du genre à vivre à ses crochets et passer ses journées à jouer à la console, tout en ayant l'intelligence d'un bulot. Quant à dimanche, je compte aller voir ma grand-mère qui vient de sortir de l'hôpital.

Mais pour l'heure, j'ai un cours de pâtisserie qui m'attend ! Alors que je titube dans le métro, ne me tenant pas aux barres de peur d'attraper une quelconque bactérie, je repense à la conversation que j'ai eue au téléphone avec Elliott, la semaine dernière. Je ne sais pas ce qui m'a pris de lui dire que je rêvais de lui ! Je n'étais pas bien réveillée quand j'ai décroché et c'est sorti tout seul. Heureusement que ce n'était pas un rêve érotique !

Enfin, à la suite de cette discussion, je ne sais plus trop quoi penser d'Elliott. Lui qui s'est montré si détestable à la librairie et lors de mon premier cours, voilà qu'il s'excuse de son comportement. Si j'étais mauvaise langue, ce que je ne suis pas, je dirais qu'il veut que je revienne car je risque de faire baisser sa moyenne du nombre d'élèves à la semaine. Mais après tout, peut-être me suis-je trompée à son sujet, peut-être n'est-il pas si exécrable qu'il en a l'air ? Enfin, je verrai bien comment va se dérouler le cours.

Lorsque j'arrive enfin, les trois autres élèves sont déjà là, tabliers enfilés, en train de parler des phacochères en Afrique du Nord. Je ne sais pas d'où est partie cette conversation mais c'est un étrange sujet de discussion deux minutes avant de mettre la main à la pâte. Je n'ai cependant pas le temps de prononcer un mot que les voix se taisent et je sens alors leurs regards interloqués se tourner vers moi. Ils doivent certainement se demander pourquoi je suis là ce soir, après l'altercation avec Elliott d'il y a deux semaines et mon absence la semaine passée.

— Bonjour.

— Bonjour Eva, me répondent-ils en chœur.

— Je suis désolée de n'avoir pu assister au cours de vendredi dernier mais ma grand-mère a eu des gros soucis de santé et j'ai dû aller la voir à l'hôpital.

— Oh, je comprends, dit Patrick d'un ton sincère en baissant les yeux.

— En fait, on croyait que tu n'étais pas revenue à cause de ta dispute avec Elliott, renchérit Angelo.

— Oui, c'est vrai, avec ce qui s'est passé, on pensait… continue Valérie, qui laisse la fin de sa phrase en suspens.

— Oui, je me doute… mais nous nous sommes expliqués avec Elliott, cela ne se reproduira plus, ne vous inquiétez pas. Ces cours sont importants pour moi et je compte bien profiter de ceux qu'il me reste pour apprendre un maximum de techniques et d'astuces.

— C'est une bonne chose que vous vous soyez parlé tous les deux, et entre nous, ce n'est pas bien grave que tu aies loupé le dernier cours, tu as évité une heure de nettoyage intensif de la cuisine, lance Patrick en faisant un clin d'œil à Angelo.

— Que s'est-il passé ?

— Oh, Angelo s'est senti l'âme d'un Picasso et a voulu repeindre toute la cuisine couleur chocolat.

— Mais je ne l'ai pas fait exprès, ce satané siphon a littéralement fait exploser la mousse au chocolat ! se défend Angelo.

— Je te taquine, Angelo, Valérie et moi ne t'en voulons plus pour cet incident.

— Ah, mais je vois que la semaine dernière aussi, c'était animé ici ! leur dis-je en riant.

C'est alors que nous entendons la porte arrière du laboratoire s'ouvrir sur Elliott qui déboule devant nous quatre, tout essoufflé, avec des sacs plein les bras.

— Bonjour à tous, je m'excuse pour ce léger retard. J'ai dû aller faire des courses car on ne m'a pas livré les fruits dont j'avais besoin ce matin et j'ai eu un léger accrochage avec une petite mémé qui essayait de me passer devant à la caisse du magasin. Ce n'est pas parce qu'on a plus de quatre-vingts ans et plus toutes ses dents qu'on doit se croire tout permis !

Décidément, il aime bien se prendre la tête avec la terre entière ! J'espère juste qu'il est calmé et que ce n'est pas moi qui vais en pâtir…

Elliott déballe alors le contenu de ses sacs sur le plan de travail qui se trouve devant lui. Toutes sortes de fruits font leur apparition, des fraises, des framboises, des bananes, des kiwis, des oranges, des pommes, des poires, des quetsches, des mangues, des abricots, des ananas et j'en passe. Je ne sais pas ce que nous allons préparer avec tout cela, mais il y a de quoi faire une gigantesque salade de fruits !

— Bon, avant de commencer, je voulais savoir si l'un d'entre vous a essayé de réaliser la mousse à la framboise de la semaine dernière ?

D'après les réponses, ils ont tous les trois essayé mais seuls Angelo et Patrick semblent satisfaits du résultat obtenu. Les enfants de Patrick ont adoré et sa femme ne lui a pas fait de remarque désobligeante, il en a donc déduit qu'elle avait également apprécié. Quant à Valérie, qui semble complètement dépitée, elle a apparemment oublié de faire fondre la gélatine avant de l'incorporer dans la mousse et sa mère n'a pas trop apprécié le dessert.

— Ne t'inquiète pas, la réconforte Elliott, cela nous arrive à tous de sauter une ligne dans une recette et de voir les conséquences parfois désastreuses que cela peut avoir sur le dessert en question. Je vous le répète, la première étape quand on fait de la pâtisserie, c'est de lire la recette dans son intégralité avant de commencer, pour prendre connaissance des temps de cuisson, de congélation, de repos de la pâte, des difficultés que vous allez rencontrer… Cela étant dit, nous allons commencer notre troisième séance et aujourd'hui, j'ai voulu faire plaisir à Angelo. Nous allons travailler… les tartes ! Par contre, j'ai envie de tester votre imagination pendant cette séance, c'est pourquoi je n'ai pas préparé de recette spécifique pour chacun de vous. Je préfère vous laisser choisir ce qui vous fait envie, vos ingrédients de base pour votre pâte et votre garniture, et vous aider ensuite dans la réalisation de votre tarte. Comme je vous l'ai expliqué lors du premier cours, vous avez bien entendu toutes les recettes et les techniques de base qui vous sont détaillées dans les classeurs et livres se trouvant sur l'étagère derrière moi. Si vous êtes en panne d'inspiration, je suis également là pour vous donner quelques idées. Vous pouvez utiliser tout le matériel et les ingrédients qui se trouvent dans cette cuisine, dans les placards et dans les réfrigérateurs, y compris les fruits que je viens de ramener. Bon, je crois que je n'ai rien oublié. Est-ce que vous avez des questions ? Non ? Eh bien, au travail alors !

Sur ces bonnes paroles, nous commençons tous les quatre à réfléchir à la tarte que nous allons réaliser. De mon côté, je ne cherche pas très longtemps et décide de faire une tarte avec un crémeux caramel au beurre salé surmonté d'une ganache au chocolat au lait et quelques décors en chocolat noir par-dessus. Mais il ne faut pas que je traîne si je veux avoir le temps de tout faire. Je fonce donc chercher le classeur dans lequel se trouve la recette de la pâte sucrée car je ne connais pas les proportions par cœur. Voyant que je suis la première à me lancer, Elliott en profite pour me demander ce que je compte faire. Il paraît un peu surpris de ma réponse mais je préfère ne pas penser qu'il me croit incapable de réussir mon dessert et retourne fouiner dans les placards pour y prendre les ingrédients dont je vais avoir besoin.

Alors que je commence à réaliser ma pâte sucrée, j'entends les autres élèves s'affairer et discuter avec

Elliott de la recette qu'ils vont effectuer. Patrick choisit de faire une tarte aux fraises, Valérie se lance dans la création d'une tarte aux poires et Angelo, qui semble ravi de pouvoir montrer ses talents de pâtissier, opte pour la tarte tatin. Elliott suggère à Patrick de garnir le fond de sa tarte avec une crème pâtissière légère tandis qu'il conseille à Valérie une crème aux amandes pour accompagner ses poires.

Pendant tout le cours, je reste très concentrée sur mon dessert car cette fois-ci, je ne veux pas me louper. Mais cela ne m'empêche pas d'écouter les conseils prodigués aux autres élèves sur des points que je ne maîtrise pas. Et je dois avouer que je suis étonnée du comportement d'Elliott à mon égard. Même s'il me stresse un peu à toujours avoir un œil sur ce que je fais, il me conseille à chaque étape de la réalisation de ma tarte.

Pour le crémeux caramel au beurre salé, il me propose de rajouter une pointe de sel supplémentaire car c'est un exhausteur de goût. Il me suggère également d'étaler ma pâte entre deux feuilles de papier sulfurisé et de la mettre une demi-heure au congélateur afin que celle-ci s'étale plus facilement qu'à la sortie du réfrigérateur. Même au moment de décorer ma tarte, il m'observe d'un œil perplexe en train de tempérer le chocolat, une étape qui me permet de réaliser de jolis dessins brillants entrelacés sur ma ganache, mais il en profite ensuite pour m'expliquer les autres méthodes de tempérage. Finalement, ce cours s'avère très instructif. C'est ma grand-mère qui avait raison, j'aurais eu tort de ne pas revenir ! Et je crois décidément que je me suis trompée sur Elliott, il n'est pas si horrible qu'il en a l'air. Du côté des autres élèves aussi cela se passe bien. Mis à part le fait que Patrick panique de ne pas trouver de rouleau de pâte brisée toute faite dans le réfrigérateur et Valérie qui s'inquiète de voir Elliott précuire son fond de tarte avec des haricots secs alors qu'elle veut faire une tarte aux poires, chacun réussit à faire ce qu'il avait prévu. Quant à Angelo, il est aux anges et nous le prouve en chantonnant son artiste préféré Claude François pendant tout le cours.

Quand nos pâtisseries sont enfin terminées, nous nettoyons nos plans de travail et posons délicatement nos tartes sur un carton prévu à cet effet en attendant les commentaires finaux du chef, qui passe derrière nous d'un air satisfait.

— Eh bien, je dois avouer que je suis très content de vous, aujourd'hui. Vos tartes sont magnifiques, vous avez su gérer votre temps et vos ingrédients comme il fallait, et toutes vos réalisations ont l'air appétissantes. « Je dirais même plus », comme *Dupont* et *Dupond*, vous m'avez bluffé ! Et tout particulièrement Eva. Ta tarte chocolat-caramel est une vraie réussite esthétiquement parlant.

Patrick renchérit du tac au tac.

— C'est vrai, Eva, ta tarte pourrait très bien être en vitrine chez Pierre Hermé ou Fauchon, elle est magnifique.

Valérie et Angelo acquiescent à leur tour et je me sens rougir comme un homard géant jeté dans l'eau bouillante. Leurs compliments me touchent beaucoup et me redonnent tout à coup une parcelle d'espoir quant à un éventuel changement de vie professionnelle.

Elliott souhaite à présent déguster nos créations afin de nous donner un avis sur le goût, la texture et le mélange des saveurs de nos pâtisseries. Bien sûr, nous participons également à cette dégustation et je dois dire que moi aussi je suis épatée par les autres. Leurs tartes sont délicieuses, il faut croire qu'Elliott est un bon professeur. Le chef rend alors son verdict avec un sourire qui rayonne sur tout son visage.

— Vos tartes sont très bonnes, je crois qu'on pourra augmenter un peu le niveau des recettes la prochaine fois. Et Angelo, si tu es aussi à l'aise sur les tartes, tu es capable de réaliser bien d'autres desserts, c'est juste que tu n'as pas confiance en toi, *Barracuda*. Enfin, je dois encore donner une mention particulière à Eva, c'est délicieux et le mélange des textures en bouche est tout simplement exquis.

Je n'en reviens pas ! Elliott Lessage sait faire des compliments ! Et pas des moindres ! Zut, aurait-il réellement changé à mon égard ? Ou veut-il seulement éviter à nouveau un conflit ? Non, je ne pense pas, s'il n'avait pas aimé, il ne serait pas en train de s'engloutir comme un gougnafier la moitié de la tarte à lui tout seul. En tout cas, Patrick, Valérie et Angelo sont du même avis que lui et je suis aux anges. Ils viennent de me donner le moral pour tout le week-end. C'est la première fois que des inconnus goûtent une de mes pâtisseries et leur avis est unanimement flatteur. C'est un gros point positif pour moi qui doute en permanence de mes capacités culinaires.

Alors que le nettoyage du laboratoire touche à sa fin et que nous enlevons tous nos tabliers, Elliott s'approche de moi d'un air gêné, qui me fait craindre le pire.

— Eva ?

— Oui ?

— J'aimerais bien discuter un peu avec toi après le cours, si cela ne te dérange pas.

— Euh… non, ça ne me dérange pas, lui dis-je d'un air dubitatif.

— Si ça te dit, nous pouvons aller boire un verre au Time's, c'est un bar au bout de la rue. Je ne t'embêterai pas longtemps, promis.

— OK, pas de souci.

— Je finis de ranger quelques bricoles et je t'y rejoins d'ici dix minutes.

Je hoche la tête en signe d'approbation et me dirige vers la porte de sortie en compagnie des trois autres élèves, qui sont tout aussi perplexes que moi. De quoi veut-il me parler ? Je n'ai rien fait ou dit de mal, cette fois-ci. Il avait l'air gêné, il veut peut-être encore s'excuser de manière plus officielle ? Enfin je verrai bien, de toute façon, si c'est encore pour me faire des reproches, j'aurai une bière à la main à lui lancer au cas où.

Douze minutes plus tard, alors que je me suis installée sur une banquette dans un coin un peu moins bruyant du Time's, j'aperçois Elliott qui pousse la porte d'entrée et me rejoint d'un pas pressé. Je vais vite être fixée.

— Je commande une bière et je t'explique pourquoi je voulais te parler ce soir, me dit-il en enlevant sa veste couleur fauve qui, je dois l'admettre, lui sied très bien.

Je commence à être vraiment stressée, ne sachant pas à quelle sauce je vais encore être mangée avec lui. Après avoir appelé un serveur pour sa boisson, il se retourne vers moi d'un air grave.

— Si je voulais discuter avec toi, c'est à propos de pâtisserie.

En même temps, nous n'allions sûrement pas parler de taxidermie, ai-je envie de lui répondre.

— Pour être honnête, je t'ai bien observée pendant tout ce cours et je dois t'avouer que j'ai vraiment été épaté par tes capacités et ta dextérité. Depuis combien de temps pratiques-tu la pâtisserie ?

— Eh bien, depuis que je suis toute petite, en fait. J'ai commencé à faire des gâteaux traditionnels avec ma mère et ma grand-mère et puis, petit à petit en grandissant, je me suis acheté des livres de recettes pour découvrir et apprendre d'autres techniques, et c'est comme ça que je me suis découvert une véritable passion pour les desserts et les viennoiseries. J'en fais tout le temps, je ne pourrais plus m'en passer.

— Et tu n'as jamais pensé à en faire ton métier ?

Aïe, voilà qu'il va falloir que je rentre une nouvelle fois dans ce sujet épineux. En même temps, je suis soulagée de voir qu'il n'est pas venu dans ce bar pour m'insulter !

— Pour être tout à fait franche, je me pose effectivement beaucoup de questions en ce moment. J'ai suivi un cursus universitaire général jusqu'au master qui m'a conduite à ce poste de chargée d'études statistiques. Mais c'est vrai que ça ne me plaît pas et que j'aimerais vraiment faire de la pâtisserie mon métier, parce que c'est réellement ça qui me passionne. J'aimerais ouvrir un salon de thé mais je ne sais pas si j'en suis capable.

— Je pense que tu en es tout à fait capable, Eva. Tu as un réel don pour le sucré, tu as de l'imagination, tu connais les techniques utilisées par les plus grands pâtissiers, tu travailles le chocolat comme si tu avais fait ça toute ta vie. Non, franchement, tu es douée pour la pâtisserie et je ne me fais pas de souci pour toi, si tu te lances dans une reconversion professionnelle.

— Pourtant j'ai de gros points faibles, surtout concernant les macarons. Cela fait des années que j'essaie, mais ils ne sont toujours pas parfaits !

— C'est un détail, je t'ai observée il y a deux semaines, il y a juste une ou deux petites choses à corriger. Je te montrerai, si tu veux. Ce ne sont pas des détails qui doivent t'arrêter. Nous avons tous des faiblesses, mais ça ne doit pas nous empêcher d'avancer.

— Le problème, c'est que j'ai toujours l'impression de faire les mauvais choix et que j'ai peur de le regretter une nouvelle fois.

— Tu sais, il vaut mieux avoir des regrets pour ce que l'on a tenté plutôt que de passer sa vie à douter.

Et tu ne devrais pas avoir de doutes sur tes capacités à changer de voie. Qui plus est, tu as le caractère nécessaire pour devenir chef dans un salon de thé, ça c'est sûr !

Même si je le trouve un peu culotté de me dire ça, signifiant « je n'ai pas encore tout à fait pardonné ton côté agressif », je ne peux m'empêcher de sourire à cette dernière phrase, car il faut bien l'avouer, j'ai un fort caractère qui ne passe pas inaperçu.

— Oui, encore faut-il être sûre de soi pour devenir son propre chef. Comme dirait Catherine Zeta-Jones dans le film *Le Goût de la vie*, ce serait tellement plus facile s'il y avait « une recette pour la vie » que l'on suivrait sans se poser de questions. Je doute en permanence et je reste dans l'indécision la plus totale. Je ne sais pas si j'arriverai à gérer une boutique, si j'aurai assez d'inspiration pour mes desserts, si le contact avec les clients sera facile…

— Je t'arrête tout de suite, tant que tu ne te seras pas lancée, tu ne le sauras pas. Mais de toute façon, si tu le fais, ça ne va pas se faire en deux jours. Tu devras déjà passer ton certificat d'apprentissage professionnel de pâtisserie, que tu peux passer en candidat libre bien entendu, car il est obligatoire pour pouvoir ouvrir un commerce dans cette branche. Ensuite, rien ne t'empêche de prendre quelques cours de gestion et de commerce pour être plus à l'aise dans ces domaines. Enfin, pour ce qui est de l'inspiration, elle viendra toute seule si tu es passionnée.

— Je n'en suis pas convaincue.

— Alors je vais te proposer quelque chose. Est-ce que tu aimes l'art ?

— Euh… oui, bien sûr, surtout la peinture.

— Formidable ! Si ça te dit, je t'invite à venir au Louvre avec moi dimanche après-midi.

— Mais quel est le rapport entre la pâtisserie et le Louvre ? lui dis-je interloquée.

— Eh bien, tu verras. J'aimerais te montrer mes sources d'inspiration, et elles ne se trouvent pas dans des bouquins de recettes.

Même si je suis surprise par cette invitation, j'ai bien envie d'accepter car malgré nos petits désaccords, Elliott reste un très bon pâtissier et des conseils de sa part ne pourront m'être que bénéfiques. Mais d'un autre côté, je me demande pourquoi il veut tout à coup m'aider alors qu'il y a encore une semaine, il me détestait.

— Écoute, cela m'intéresserait volontiers, mais je préfère crever l'abcès tout de suite. Il y a quelques jours à peine, tu ne pouvais pas me voir et aujourd'hui, tu veux m'aider à changer de voie. Avoue que ça peut paraître bizarre, non ?

— Eva, je pense que nous nous sommes bêtement

comportés depuis notre rencontre et quand je vois le potentiel que tu as, je pense qu'en tant que professeur, c'est mon rôle de t'aider à prendre une décision, voire *la* décision, qui te permettra de t'épanouir professionnellement. C'est tellement dommage de ne pas faire ce qu'on aime dans la vie.

C'est étrange, à ce moment précis de la conversation, je sens Elliott nostalgique et je me demande s'il ne s'est pas adressé à lui-même la dernière phrase qu'il a prononcée.

En tout cas, il a l'air sincère dans ses paroles, ce qui me décide à lui répondre par l'affirmative.

— OK, dans ce cas, je viendrai avec plaisir au Louvre dimanche.

— Tant mieux, disons pour quatorze heures, ça te va ?

— Ça me va !

Quand je rentre chez moi ce soir, tout tourne en boucle dans ma tête. C'est la première fois qu'un professionnel me juge en pâtisserie et il a l'air de penser que je ne devrais pas hésiter à faire cette reconversion. Peut-être devrais-je suivre son conseil ? Il faudra bien un jour que j'arrive à avoir confiance en moi, tout de même !

Bizarrement, même si je ne vais pas pouvoir rendre visite à ma grand-mère ce week-end, je me sens toute guillerette d'aller au musée. Mais je ne sais pas vraiment si c'est parce que je vais enfin visiter le Louvre, ce magnifique musée que je n'ai pas encore eu l'occasion de voir, ou parce que j'y vais avec Elliott.

Chapitre 8

Dimanche 27 avril 2014 – Elliott

Ce matin, je n'arrive à rien. Il est onze heures passées et cela doit faire environ vingt fois qu'Adam m'appelle depuis que je suis levé. Et encore, il a de la chance que j'étais déjà réveillé à son premier appel, sinon je l'aurais massacré.

Comme chaque dimanche depuis qu'elle est enceinte, Julia est partie nager à la piscine tôt ce matin avec une copine. Elle qui pratiquait le basket-ball à un haut niveau avant sa grossesse et qui souhaitait conserver une activité physique aussi longtemps que possible jusqu'à l'accouchement, s'est mise à la natation en suivant les conseils de son médecin. En effet, depuis qu'elle est enceinte, Julia fait beaucoup de rétention d'eau et la natation améliore sensiblement la circulation du sang. Et puis l'échéance avançant, la sensation d'apesanteur procurée par l'eau permet à notre petite baleine, comme j'aime bien l'appeler depuis notre dernier dîner, de se sentir plus légère tout en soulageant ses douleurs dorsales. Au moins, quand elle rentre de la piscine détendue, Adam a la paix toute l'après-midi et ne subit pas ses sautes d'humeur liées aux changements hormonaux.

Et c'est justement pour cela qu'il a décidé de lui préparer un succulent petit repas pour ce midi. Enfin succulent… c'est vite dit, surtout venant d'Adam, je devrais plutôt dire comestible ! Et comme monsieur est aussi doué qu'un calamar en cuisine, je subis ses satanés coups de fil depuis plus de deux heures maintenant. Il faut dire qu'il aurait pu préparer à Julia un plat qu'il est capable de réaliser, comme un sandwich jambon-beurre par exemple. Mais pourquoi faire simple quand on peut faire compliqué et déranger son frère un dimanche matin ? Monsieur a voulu lui faire des nems, sous prétexte que c'est ce qu'elle préfère. Autant dire que pour Adam, c'est comme s'il essayait de gravir l'Everest sans oxygène ! Résultat, je ne peux même pas aller aux toilettes tranquillement cinq minutes. C'est simple, il me téléphone à chaque étape de sa recette, sans compter les appels où je dois répéter ce que je lui ai dit trente secondes plus tôt parce que monsieur a une mémoire de poisson rouge et qu'il ne prend pas la peine de noter ce que je lui raconte ! Et il n'en est pas encore à l'étape la plus délicate, celle du roulage ! Je pense que mon portable va encore sonner plusieurs fois. Mais c'est mon petit frère et il a envie de faire plaisir à la femme de sa vie, je ne peux pas lui refuser mon aide.

C'est donc avec grand-peine que je me suis installé à mon bureau ce matin pour essayer de préparer les cours de demain et que deux heures plus tard, je ne sais toujours pas ce que je vais pouvoir réaliser avec mon groupe tout mou du lundi. C'est fou ce qu'ils m'agacent, ceux-là. J'en viendrais presque à souhaiter qu'Adam ait encore besoin de moi à la librairie demain pour les éviter une nouvelle fois. Cela me fait repenser à ma rencontre houleuse avec Eva et je me rends compte qu'il est temps que je me prépare pour ma sortie au Louvre cette après-midi. Je file donc à la salle de bains prendre une bonne douche en espérant que le téléphone ne sonne pas tout de suite. Une demi-heure plus tard, je finis de me raser mais je n'ai toujours pas de nouvelles d'Adam, ça commence à m'inquiéter. Connaissant bien le loustic, j'espère qu'il n'a pas tout foiré et jeté à la poubelle dans un moment d'énervement. Je décide de m'habiller et de le rappeler ensuite.

Me voilà donc dans ma chambre, devant mon armoire grande ouverte, un jean brut Armani enfilé mais pas encore boutonné, ne sachant absolument pas quoi mettre sur mon dos. Il fait beau dehors en cette fin de mois d'avril et le soleil commence à chauffer à travers les fenêtres de l'appartement, un pull léger serait donc sûrement trop chaud mais en même temps, un tee-shirt ferait trop « je vais à la salle de sport avec mes copains ». J'opte donc pour un polo bleu ciel Tommy Hilfiger que j'ai acheté l'année dernière pendant les soldes flottants d'octobre et que je n'ai pas encore eu l'occasion de porter.

Une fois choisie la paire de chaussures que je vais mettre à mes pieds, j'attrape le téléphone et rappelle Adam, afin de savoir s'il s'en est sorti avec ses nems.

— Allô, Adam ?

— Oui ?

— Je voulais juste savoir si tout s'était bien passé avec tes nems, ça m'étonne que tu ne m'aies pas recontacté.

— Bah, j'ai eu un petit souci en fait...

Là, je commence vraiment à m'inquiéter.

— Quel genre de souci ?

— Eh bien... j'ai failli mettre le feu à la cuisine entière.

— Quoi ? Mais comment tu t'y es pris ?

— Oh non, mais ne t'inquiète pas, frangin, j'ai

maîtrisé la situation, il n'y a qu'une poêle et une partie du mur derrière la gazinière qui ont pris feu.

— Comment as-tu fait ton compte ?

— J'avais mis de l'huile à chauffer dans la poêle pour faire frire les nems pendant que je les préparais sur la table du séjour pour avoir plus de place, et je n'ai pas surveillé l'huile qui a pris feu. Quand je l'ai vu, j'ai jeté un grand torchon mouillé dessus, comme je l'avais appris à la formation aux premiers secours. Heureusement, ça a étouffé le feu tout de suite mais il était un peu tard, ça a quand même carbonisé complètement la poêle. Et le mur est bien noirci aussi.

— Et toi ? Tu n'as rien au moins ?

— Non, non, moi, ça va. Enfin, tant que je ne pense pas à l'engueulade que je vais me prendre quand Julia va rentrer !

— Ça, c'est sûr, elle va te lyncher ! Et elle aura raison ! Tu as dû laisser l'huile chauffer un bon bout de temps pour qu'elle prenne feu comme ça, non ?

— Je l'ai mise sur la gazinière quand je t'ai appelé la première fois, je voulais qu'elle soit bien chaude pour y mettre mes nems.

— Tu veux dire que ton huile chauffait… depuis neuf heures du matin ? Soit depuis plus de deux heures ?

— À peu près, oui.

— T'es un grand malade, toi ! Quand on ne sait

pas faire de cuisine, on n'en fait pas. Tu aurais pu te blesser sérieusement avec tes conneries, ou pire !

— Eh oh, je me sens assez mal comme ça, ce n'est pas la peine d'en rajouter, OK ? C'est sûr, la grande cuisine, ce n'est pas pour moi et je ne suis pas près d'en refaire !

— Enfin une parole raisonnable ! Je suis désolé de m'emporter mais tu me fais peur des fois, je n'ai pas envie qu'il t'arrive quelque chose, je ne m'en remettrais pas, tu sais.

Je sens mon cœur se serrer en prononçant ces paroles. C'est vrai, Adam et moi avons toujours été inséparables et depuis que Claire nous a quittés, j'ai une réelle angoisse qu'il arrive aussi malheur à Adam. Et je sais que je ne supporterais pas une deuxième fois une telle épreuve.

Adam doit le ressentir à l'autre bout de la ligne et tente de me réconforter.

— Ne t'inquiète pas, je n'ai rien, c'est juste la poêle et le mur qui sont un peu morts. C'est dommage, Julia venait de l'acheter, cette poêle.

— En plus ! Eh ben dis donc, tu vas passer un sale quart d'heure, petit frère ! Mais ne t'inquiète pas, il existe de très bons centres pour les SDF maintenant, lui dis-je en pouffant, rien qu'à imaginer la tête de Julia en rentrant chez elle.

— Ne m'en parle pas, et en plus, je n'ai rien à

manger à part les nems qui sont crus. Tu ne voudrais pas venir les faire cuire, par hasard, ces nems ? Je t'invite à manger.

— Ah non, désolé, je ne vais pas tarder à partir de chez moi, j'ai un truc prévu cette après-midi.

— Un truc ? Quel genre de truc ? me répond Adam, toujours aussi curieux.

— Je vais au Louvre.

— Au Louvre ? Tout seul ?

— Non, j'y vais avec Eva.

— Avec Eva ? La fille de la librairie ? Dis donc, mon vieux, tu n'as pas perdu ton temps depuis l'autre jour !

— Ce n'est pas ce que tu crois.

— Ah mais, je ne crois rien du tout moi, je constate, c'est tout.

— Tu ne constates rien du tout.

— Mais si ! Je constate qu'il y a à peine plus d'une semaine, tu la détestais et qu'aujourd'hui, vous sortez ensemble.

— Mais on ne sort pas ensemble ! La semaine dernière, figure-toi que j'ai suivi ton conseil et que je l'ai rappelée pour qu'elle revienne aux cours. Sa grand-mère avait fait un malaise cardiaque, c'est pour cette raison qu'elle n'était pas venue. Elle a assisté à celui de vendredi soir et ça s'est très bien passé. Elle est très agréable en fait, et je me suis rendu compte qu'elle était très douée pour la pâtisserie.

— Ah, tu vois, j'avais raison ! Il fallait que tu la rappelles.

— À la suite de ce cours, je lui ai proposé d'aller boire un verre au Time's pour en discuter avec elle parce que j'ai senti qu'elle avait un potentiel énorme mais qu'elle n'avait pas du tout confiance en elle.

— Tu l'as invitée à boire un verre ? J'appelle ça un rancard, moi…

— Mais non, ça n'a rien à voir.

— Elle était habillée comment ?

— Quoi ? Mais peu importe !

— Réponds-moi, qu'est-ce qu'elle portait ?

— Elle portait une jupe crayon beige, un chemisier blanc manches trois-quarts avec de légères rayures argentées qui rappelaient la couleur du petit papillon qu'elle avait autour du cou, et des escarpins beiges également. Voilà, tu es content ?

— Très ! Pour quelqu'un qui n'en a rien à faire de cette Eva, je crois que tu l'as plutôt bien observée des pieds à la tête.

— Oui peut-être, enfin non, tu es en train de m'embrouiller, là !

J'aurais dû me douter que la conversation allait virer de ce côté-là en parlant d'Eva à Adam. Je choisis donc de changer de sujet.

— Enfin bref, en discutant, j'ai appris qu'elle hésitait à changer de voie professionnelle et à se reconvertir dans la pâtisserie, donc je lui ai proposé d'aller au Louvre pour lui montrer ce qui m'inspirait, moi, pour mes créations. Je veux juste lui prouver que l'inspiration se trouve partout.

— Ah, je vois. C'est vrai que je n'ai jamais compris comment, en partant d'une sculpture ou d'un tableau, tu étais inspiré pour un plat ou un dessert.

— Tu as l'esprit trop cartésien, Adam, ce qui n'est pas le cas d'Eva, je pense.

— J'ai peut-être l'esprit trop cartésien mais moi, je n'ai pas besoin du Louvre pour voir qu'il s'agit d'un deuxième rancard avec elle. Et je suppose que tu portes encore un jean complètement troué et un tee-shirt qui te servent aussi bien à aller faire tes courses ou sortir tes poubelles. Tu pourrais faire un effort de temps en temps, surtout quand tu vas dans un aussi bel endroit que le Louvre, et accompagné d'une jolie femme, qui plus est. Sinon, tu ne concrétiseras jamais !

— Euh… non, pas la peine, lui dis-je en me regardant dans le miroir.

De toute façon, je ne le croiserai pas au Louvre, je préfère lui mentir sinon il va encore s'imaginer tout et n'importe quoi.

— D'ailleurs, il faut que je te laisse sinon je vais finir par être en retard.

— OK, alors bon rancard, tu me raconteras !

— Ce n'est pas un rancard, je te l'ai déjà dit !

— Oui, oui, je sais. Alors bon Louvre, si tu préfères. C'est bizarre, je ne savais pas que le Louvre était réputé pour draguer…

— Mais non, je ne…

Je n'ai pas le temps de finir ma phrase qu'Adam a raccroché. Je ne sais pas ce qu'il a à vouloir me caser avec Eva, tout à coup. S'agit-il réellement d'un rancard ? Non, ce n'est pas le but de ce rendez-vous, et pourtant je suis pressé de retrouver Eva pour explorer ce fabuleux musée.

Quand j'arrive devant le Louvre pile à quatorze heures, j'aperçois Eva qui patiente déjà devant la pyramide. En m'approchant d'elle, je me rends compte que je ne peux effectivement pas nier le fait que je trouve cette femme très jolie. Elle porte une robe à petites manches légère, blanche avec des petites fleurs de toutes les couleurs, et des tropéziennes en cuir marron qui soulignent sa petite taille et la rendent également beaucoup plus fragile que lorsqu'elle est juchée sur des escarpins. Elle me sourit en me voyant arriver et je ne peux m'empêcher de penser que la personne que j'ai en face de moi n'a plus rien à voir avec la garce de la librairie.

Après avoir échangé quelques banalités sur la pluie et le beau temps et fait la queue pour prendre nos billets et rentrer dans le musée, nous voilà arrivés dans le hall Napoléon. Eva, qui m'a avoué juste avant n'avoir jamais eu l'occasion de venir au Louvre depuis qu'elle vit sur Paris, semble tout excitée mais également complètement perdue devant l'immensité du musée.

— Elliott, tu sais quels départements tu veux aller visiter, cette après-midi ? J'ai l'impression que nous n'aurons pas le temps de tout voir.

— C'est même sûr que non ! Ce musée est tellement vaste que même en une journée entière, nous n'aurions pas le temps de tout visiter. Mais je sais exactement où aller et ce que je veux te montrer. J'y viens régulièrement et je connais le musée presque comme ma poche.

— C'est bizarre, je ne t'imaginais pas du tout venir dans un musée.

— Ah bon ? Pourquoi ça ?

— Je ne sais pas, le côté un peu rustre peut-être...

Elle est gonflée quand même ! Je l'invite au Louvre avec moi et elle me prend pour un bûcheron du fin fond des Rocheuses ! Elle doit se rendre compte qu'elle aurait dû tourner sa langue sept fois dans sa bouche avant de parler puisqu'elle essaie de se justifier.

— Ce que je veux dire, c'est qu'on vit dans un monde de préjugés, et que je ne pensais pas que les pâtissiers fréquentaient ce genre d'endroit. Je suis désolée si je me suis mal exprimée, je ne voulais pas te blesser.

— Ce n'est pas grave, tu sais, moi aussi, j'avais des *a priori* sur toi au début.

— Ah oui ? De quel genre ?

— Du genre, je ne pensais pas que les cadres des bureaux savaient également se servir de leurs mains pour travailler !

Elle ne l'a pas volée, celle-là ! Et vu le petit sourire en coin que j'aperçois sur son visage, elle doit penser la même chose que moi. Mais je décide d'enchaîner rapidement avant qu'un nouveau malaise ne s'installe entre elle et moi.

— Les clichés ont la vie dure, mais ils ne vont pas nous pourrir notre visite tout de même !

— Oui tu as raison, on n'est pas là pour ça aujourd'hui, me répond Eva en souriant.

— OK, donc si ça te va, nous allons commencer par l'aile Denon, de ce côté.

Nous voilà donc partis à la découverte du Louvre, avec son architecture impressionnante, ses magnifiques tableaux de peintres mondialement connus, ses antiquités orientales, grecques, romaines et égyptiennes et ses fabuleuses sculptures.

Alors que je souhaite l'emmener au premier étage de cette aile du musée, nous passons devant certaines sculptures et Eva s'arrête soudainement, émerveillée par *Psyché ranimée par le baiser de l'Amour* d'Antonio Canova, une sculpture en marbre blanc.

— Waouh ! C'est magnifique.

— Je suis tout à fait d'accord avec toi, cette sculpture dégage vraiment une émotion particulière.

— Plus que ça, je dirais que c'est une sublime représentation de l'amour. Et regarde la sensualité qui émane de cette œuvre ! On aimerait tous qu'un ange vienne nous délivrer, nous protéger et nous aimer.

Eva ne se doute pas à quel point cette phrase a un sens pour moi. Mais j'ai l'impression que cette sculpture ravive également des émotions fortes chez elle. Peut-être un sentiment de solitude et de besoin d'être chérie, de se sentir entourée par les bras d'un homme. C'est toujours difficile de savoir à quoi pense une femme et ma curiosité me pousserait bien à lui poser la question, mais je n'ai pas envie de la mettre de nouveau mal à l'aise et préfère donc m'abstenir.

Nous continuons notre visite en montant d'un étage et arrivons dans une partie dédiée à la peinture italienne, où je veux absolument lui montrer un tableau de Fra Angelico, *Le Couronnement de la Vierge*. En arrivant devant le tableau, je demande à Eva ce qu'elle pense de cette peinture.

— À vrai dire… pas grand-chose. Il y a de jolies couleurs qui rendent l'ensemble harmonieux mais à part ça, on ne peut pas dire que ça me donne beaucoup d'idées.

— Ce n'est pas grave, nous avons tous notre propre imagination, et nous ne sommes pas réceptifs aux mêmes choses. Je peux te dire que ce tableau m'a sauvé la vie lorsqu'on m'a demandé un gâteau de baptême, il y a quelques années.

— Ah bon ? Il va falloir que tu m'expliques parce que ce tableau ne m'inspire pas plus que la balayette de mes toilettes !

— En fait, quand je cherche des idées, j'essaie de m'ouvrir au monde et à tout ce qui m'entoure. Cette histoire remonte à l'époque où je tenais encore mon restaurant.

— Tu avais un restaurant ? Je pensais que tu avais décidé de devenir professeur à ton compte après avoir travaillé un certain temps dans l'artisanat.

— Oh non ! J'ai en effet commencé à travailler en boutique chez plusieurs pâtissiers de renom mais je me suis vite rendu compte que ce n'était pas fait pour moi. Être payé au lance-pierre pour soixante-dix heures par semaine, non merci. Et puis j'avais secrètement le rêve d'ouvrir un jour mon propre restaurant. Il est vrai que ma passion première, c'est le sucré, mais j'aime aussi beaucoup cuisiner le salé, le poisson surtout. À l'époque, j'avais mon Brevet technique des métiers en pâtisserie, alors je me suis décidé à passer le CAP cuisine. Avec cette double qualification, j'ai pu me perfectionner dans les deux domaines en travaillant pour de grands restaurants étoilés. Et quand je me suis senti prêt, j'ai décidé de me lancer. C'était un aboutissement après de dures années de travail. Mais cela en valait la peine. L'univers d'un restaurant peut sembler assez particulier vu de l'extérieur, mais il devient magique pour ceux qui sont passionnés comme moi.

— Mais alors, pourquoi es-tu devenu professeur ? Ton restaurant ne marchait pas suffisamment ?

— Oh si, il tournait très bien, mais un triste événement est venu perturber cette période heureuse. Je suis désolé, je n'ai pas envie d'en parler…

— Oh… bien sûr, il n'y a pas de problème, me répond Eva compréhensive.

C'est la première personne de mes cours avec qui je discute de mon passé professionnel. Jusqu'à présent, j'ai toujours fait en sorte que mes élèves ne posent pas de question à ce propos, préférant éviter d'avoir à justifier mon changement de métier. Mais aujourd'hui le contexte est un peu particulier. Si je veux qu'Eva prenne confiance en elle, il faut d'abord qu'elle ait confiance en moi et en ce que je lui dis, je ne peux pas lui cacher toute ma vie. Malgré cela, je ne souhaite pas lui parler de Claire, c'est toujours aussi pénible et douloureux pour moi d'aborder ce sujet. Je décide donc d'en revenir à nos moutons et au tableau qui se trouve devant nous.

— Enfin bref, pour reparler de cette toile, un client est venu une fois réserver une salle du restaurant pour le baptême de son fils et m'a demandé de lui préparer un gâteau sous forme de *wedding cake* pour cet événement. J'en avais déjà fait pour des mariages mais jamais pour un baptême. Je n'avais aucune idée de ce que je pouvais lui réaliser. Et puis un jour où je me baladais dans le musée, je suis tombé sur ce tableau devant lequel je ne m'étais jamais vraiment arrêté et cela m'a sauté aux yeux. Les marches hexagonales ont constitué les différents étages de mon gâteau, recouverts de pâte à sucre blanche. Puis j'ai ajouté un drapé bleu, comme celui de ces personnages, en pâte à sucre également, qui est descendu en enveloppant le gâteau, sans oublier quelques frises et le petit berceau au sommet. Le client était ravi et moi aussi.

— Effectivement, en y regardant de plus près, ce tableau pourrait ressembler à un *wedding cake* ou une pièce montée. Mais il ne faut pas avoir l'esprit trop cartésien pour ça !

— C'est bien ce que je n'arrête pas de répéter à mon frère !

— Il ne voit pas les choses comme toi ?

— Je dirais plutôt qu'il a l'esprit, comment dire, un peu étriqué.

Adam serait content s'il m'entendait dire ça !

Maintenant que j'ai montré à Eva où je voulais en venir avec cette peinture, je souhaite lui présenter une autre œuvre qui se trouve au deuxième étage de l'aile Sully. Nous empruntons donc un escalier puis bifurquons sur notre gauche pour arriver devant l'*Allégorie de la Victoire* de Mathieu le Nain, un tableau représentant une femme nue, à peine enveloppée d'un drap rouge et possédant une paire d'ailes, qui semble piétiner un autre corps féminin. Je remarque tout de suite qu'Eva a l'air plus inspirée par cette peinture que par la précédente, en voyant ses petits yeux rieurs s'illuminer.

— On dirait bien que tu préfères ce tableau, non ?

— En effet, je le trouve intéressant. On dirait un petit jeu sadomasochiste lesbien qui aurait lieu en pleine nature, c'est assez rigolo !

Alors là, je reste perplexe, on peut dire que la timide Eva a l'esprit sacrément ouvert ! Et malgré une certaine gêne, je ne peux qu'esquisser un sourire en pensant que j'ai eu le même genre d'idée la première fois que j'ai vu ce tableau.

— Oui... pourquoi pas... c'est vrai qu'on pourrait aisément faire le rapprochement. Mais si on en revenait à la pâtisserie ?

— Ah, cette fois-ci, il me donne davantage d'idées. Je verrais bien un gâteau pour la Saint-Valentin reprendre la forme de ces ailes en décor en chocolat.

— Exactement ! J'ai eu la même idée que toi. C'était au restaurant, il y a quelques années, je devais trouver une idée de dessert pour notre menu de la Saint-Valentin. J'avais déjà la base du gâteau en forme de cœur qui se constituait d'un croustillant praliné, d'une dacquoise amande, d'une mousse au chocolat blanc et d'un crémeux framboise. Il ne me manquait que le décor qui donne le volume à l'assiette et c'est cette peinture que j'apprécie beaucoup qui m'y a fait penser. J'ai rajouté deux ailes bien ouvertes en chocolat au lait qui rappelaient Cupidon et le tour était joué. En tout cas, je suis content de voir que ce tableau te donne des idées. Tu sais, tu n'as pas à t'inquiéter pour ton imagination, quand on est passionné, tout ce qui nous entoure peut un jour ou l'autre être une source d'inspiration, il suffit de s'ouvrir au monde.

— Je crois que je commence à comprendre ce que tu voulais dire. Je rajouterais juste que si l'envie te vient de vouloir nous faire goûter ce dessert qui me met l'eau à la bouche en cours, il ne faut surtout pas te priver !

C'est vrai que je pourrais leur montrer certaines de mes réalisations, j'aime bien ce groupe du vendredi soir. C'est sûr que je ne ferais pas ça pour les limaces du lundi !

— Je crois que ça pourrait se faire. D'ici la fin de vos cours, j'aurai bien le temps de vous préparer quelques-unes de mes recettes.

— Cool, j'ai hâte d'y être !

Eva est certes une femme de caractère, ça, je ne peux le nier, mais c'est aussi une personne enjouée et rieuse ayant gardé un côté enfantin qui la rend adorable. Alors que nous reprenons notre marche vers la prochaine toile que je désire lui montrer, je ne peux m'empêcher d'observer Eva qui semble émerveillée par la moitié des œuvres exposées et je repense au discours qu'Adam m'a tenu ce matin. Bien sûr que non, ce n'est pas un rancard. Ce n'est pas parce que je me suis habillé un peu mieux que d'habitude et que pour une fois, j'ai mis le parfum Chanel que Claire m'a acheté, que c'est un rancard. Je ne vois pas du tout pourquoi il pense ça. Je suis juste heureux de partager ma passion de la pâtisserie avec une personne charmante qui est aussi passionnée que moi, voilà tout.

Après nous être également arrêtés devant *Le Dessert de gaufrettes* de Lubin Baugin, et *Fruits et riche vaisselle sur une table* de Jan Davidsz de Heem, deux peintures qui m'ont également inspiré par le passé pour réaliser des cigarettes russes à la mousse au chocolat et des tartes aux fruits de saison, Eva m'annonce qu'elle est vraiment enchantée par cette visite au Louvre. Non seulement elle découvre des merveilles, mais elle a compris le message que je souhaitais lui faire passer. Je suis donc ravi d'avoir eu cette initiative car elle s'est vraiment prêtée au jeu et j'espère que cela l'aidera un peu à y voir clair pour prendre une décision concernant sa vie professionnelle.

L'après-midi n'étant pas terminée, nous décidons de continuer à déambuler dans le musée au gré de nos envies en faisant une halte devant certaines œuvres qui nous interpellent plus que d'autres. Une heure plus tard, nous voilà revenus dans l'aile Denon au premier étage, où Eva souhaite passer dans la section dédiée aux peintures françaises de grand format, des salles où l'on peut notamment admirer *La Liberté guidant le peuple* de Delacroix ou encore *Le Radeau de la Méduse* de Géricault. Alors que nous marchons au milieu de ces magnifiques tableaux qui nous font nous sentir tout petits, je vois Eva s'arrêter devant le seul tableau que je ne veux pas voir aujourd'hui. J'essaie donc de tourner les talons et de m'en aller un peu plus loin discrètement afin qu'elle me rejoigne, mais je n'ai pas fait trois mètres que j'entends :

— Elliott, viens voir cette splendide toile !

— Euh… non, ça ira, je la connais bien celle-là, je t'attends un peu plus loin.

— Si tu la connais si bien, tu vas peut-être pouvoir m'expliquer ce qu'elle représente.

Je n'ai plus vraiment le choix, je me rapproche donc d'*Atala au tombeau*, une peinture d'Anne-Louis Girodet-Trioson, où l'on y voit un homme effondré enterrer une jeune et jolie femme d'une blancheur immaculée avec l'aide d'un prêtre. J'adorais ce tableau avant la disparition de Claire car je trouvais, malgré cette représentation de la mort, qu'il s'en dégageait beaucoup d'amour. Maintenant, c'est juste une immense tristesse qui m'envahit lorsque je l'aperçois.

— Alors ? Tu sais qui sont ces personnages ?

— Oui, en fait, le peintre s'est inspiré d'un roman de Chateaubriand. L'Indien Chactas est en train d'enterrer, avec l'aide du père Aubry, sa promise

Atala qui s'est empoisonnée pour ne pas renier la promesse faite à sa mère de rester vierge.

— Ce tableau est magnifique ! Il est très sombre et pourtant, il y a tellement d'amour. Regarde l'Indien, la façon dont il serre les jambes de sa fiancée dans ses bras, et ses traits de visage durcis. Il a perdu ce qui lui était le plus cher et on dirait qu'il ne veut pas la laisser s'en aller.

Et je le comprends. C'est tellement dur de voir partir ceux qu'on aime. Lorsque j'ai enterré Claire, cela a été le moment le plus difficile de toute ma vie. Je savais qu'elle était morte dans cette maudite voiture et qu'elle ne reviendrait pas, mais la mettre en terre a achevé définitivement cet espoir infime que je gardais bêtement et secrètement au fond de moi. On ne devrait pas avoir à traverser des épreuves pareilles, des épreuves dont on ne se remet jamais vraiment.

— Elliott, ça va ? Tu es tout pâle… tu veux t'asseoir ? Tu as les larmes aux yeux, j'ai encore dit quelque chose qu'il ne fallait pas ?

— Non, ne t'inquiète pas, ça n'a rien à voir avec toi. C'est juste que ce tableau ravive en moi de mauvais souvenirs.

— Oh, je suis désolée, je ne voulais pas…

— Je sais, ce n'est pas grave, tu ne pouvais pas savoir. J'ai perdu ma femme, il y a quatre ans.

— Oh, vraiment navrée… Elle était malade ?

— Non, un accident de voiture. Et c'est moi qui conduisais. Même si je n'y suis pour rien, je culpabilise toujours. Si j'avais eu une autre réaction au volant face au chauffard qui arrivait en face, peut-être qu'elle serait toujours en vie. J'ai encore du mal à me remettre de sa disparition, à vrai dire.

— C'est normal.

— Je l'aimais tellement. Nous nous étions rencontrés dans un restaurant dans lequel j'étais chef, elle faisait partie de ma brigade et s'occupait des entrées. C'est avec elle que j'ai décidé de monter mon restaurant, elle m'avait donné la force d'aller au bout de mon projet.

— Je comprends mieux, c'est à cause de ce tragique événement que tu as décidé d'arrêter ton restaurant.

— Oui, après sa mort, j'ai eu une longue traversée du désert et même si je vais beaucoup mieux aujourd'hui, je ne me sens pas encore prêt à rouvrir un établissement. Je ne sais pas pourquoi je te raconte tout cela, ça ne doit pas t'intéresser beaucoup.

— Mais non, au contraire, ça me fait plaisir qu'on discute. Ça change des fois où l'on s'est pris la tête bêtement comme des chiffonniers.

— Oui, tu as raison.

— Écoute, je ne sais pas si tu crois en ces choses-là, ou même si cela peut t'aider, mais je connais quelqu'un, une amie de ma grand-mère, qui a le don de pouvoir communiquer avec les personnes disparues. Elle dit qu'elle ressent les choses, que ces gens lui transmettent des messages pour leurs proches encore vivants. Je ne l'ai personnellement jamais consultée mais je peux te dire que ce n'est pas une arnaqueuse, de par les dires de personnes qui sont allées la voir. Et c'est toi qui décides du prix de la séance, en fonction de ce que tu en as pensé. Et puis connaissant ma grand-mère et l'affection qu'elle porte à cette dame, je sais que c'est quelqu'un de bien, parce que ma grand-mère ne donne pas facilement son amitié, et encore moins à une charlatane !

— Merci, c'est gentil, mais je ne crois pas à ces histoires de don, c'est un peu trop surréaliste à mon goût.

— Comme tu voudras, je voulais juste te proposer cette option parce que j'ai l'impression que tu n'es pas vraiment en paix. Au cas où tu changerais d'avis, tu dois aller la voir avec une photo. Et son nom, c'est Monica Perez. Tiens, je te donne sa carte.

— Merci, mais je ne crois pas que cela serve à quelque chose.

— Prends sa carte, cela ne t'engage à rien. Et maintenant, si nous reprenions notre visite ? Il nous reste encore une demi-heure avant la fermeture, autant en profiter, non ?

— Je suis d'accord, on pourrait faire un petit tour aux antiquités égyptiennes si cela te dit ?

— Parfait !

Une fois notre visite achevée, nous reprenons la route de notre domicile chacun de notre côté. Le temps de rentrer, je repense à la conversation que nous avons eue et je me rends compte que cela m'a fait du bien de parler de tout cela avec Eva. Je crois vraiment que c'est une fille bien, je me suis complètement planté à son sujet ! Le mot « perspicacité » ne doit pas faire partie de mon vocabulaire, il faut croire. Elle a sincèrement voulu m'aider avec son histoire de médium, et en fin de compte, peut-être a-t-elle raison, peut-être devrais-je essayer d'aller voir cette femme, je n'ai rien à perdre, à part quelques euros. De toute façon, elle a réussi à me refiler sa carte, je vais la garder et puis je verrai bien.

Chapitre 9

Dimanche 4 mai 2014 – Eva

Ah, on peut dire que c'est une belle journée qui s'annonce ! Dans un peu moins d'une heure, je prendrai la route pour aller déjeuner chez ma grand-mère que je n'ai pas eu le temps d'aller voir depuis sa sortie de l'hôpital. Je suis encore un peu inquiète à cause de ce qui lui est arrivé et l'appelle donc tous les soirs en rentrant de Cosméo. Ce qui n'est pas forcément du goût de ma grand-mère, qui râle, comme à son habitude, que je la dérange toujours au milieu de son repas et qu'elle va manger sa soupe froide. Je sais bien qu'au fond, elle est contente que je prenne des nouvelles. Mais comme je ne veux pas envenimer les choses, je raccroche rapidement une fois que je sais qu'elle va bien, et je n'ai donc pas eu l'occasion de lui raconter comment s'étaient passés mes derniers cours de pâtisserie, ni ma sortie au Louvre avec Elliott. J'en aurai tout le loisir cette après-midi, autour d'une tasse de thé.

Mais je ferais mieux d'accélérer le pas pour me préparer si je ne veux pas arriver après midi, l'heure fatidique pour ma grand-mère, comme pour beaucoup de personnes du troisième âge qui considèrent que déjeuner à treize heures s'apparente à la fin du monde.

Alors que je termine de m'habiller dans la salle de bains, je réalise que je n'ai pas emballé le cake que j'ai préparé ce matin pour l'heure du thé. L'avantage, dans une micro-cuisine, c'est qu'on ne fait pas beaucoup marcher ses pieds pour préparer un gâteau. Il suffit de tendre les bras pour attraper ce dont on a besoin à gauche, à droite, derrière, devant et le tour est joué !

Tandis que je m'apprête à envelopper mon cake dans du papier aluminium, on toque à la porte. Mince, ça doit être Vincent et je n'ai pas vraiment le temps de lui parler. Le problème avec lui, c'est que même s'il vient pour me demander du sel, la conversation va durer une éternité. Mais bon, cela fait une semaine et demie que nous ne nous sommes pas vus, je peux quand même bien lui ouvrir. Au pire, j'écourterai la discussion si je vois que ça traîne trop.

Au moment où j'ouvre la porte, je comprends tout de suite que je ne suis pas près de partir de chez moi. Vincent a les yeux rougis, un mouchoir à la main et me regarde avec ses petits yeux de chien battu.

— Mais qu'est-ce qui t'arrive ?

— Raphaël m'a quitté hier soir. Je suis anéanti, ma vie est fichue.

— Oh flûte, ce n'est pas vrai ! Rentre et assieds-toi sur le canapé, je vais te préparer un café et tu vas me raconter tout ça.

— Oui, ça me fera du bien de parler avec toi, ma bichette.

Une fois installés, Vincent commence à m'expliquer ce qui s'est passé.

— J'avais préparé un petit dîner aux chandelles pour nos huit mois ensemble, tout se passait bien jusqu'au moment où on a parlé de chien. Je ne sais plus trop comment c'est venu dans la conversation mais il m'a dit qu'il aimerait bien adopter un chiot avec moi, qu'il avait toujours eu un chien chez lui étant enfant, que ça lui manquait et que c'était l'occasion d'affirmer notre relation. Et tu connais mon aversion pour les canidés, ce n'est pas possible pour moi. Tous ces poils, cette bave dégoulinante, cette poussière, ces pattes sales dans mon séjour, cette odeur de pet quand ils ont mangé des croquettes, je te jure que c'est au-dessus de mes forces ! Sauf que je ne lui en avais jamais parlé auparavant et il est tombé des nues. On a commencé à se disputer, il a fini par me dire que j'étais un sale égoïste quand je lui ai demandé de choisir entre le chien et moi. La suite, tu l'as devinée.

— Oh, mon pauvre chéri ! Mais c'est juste une dispute, je suis sûre que cela va s'arranger.

— Je ne crois pas. Mon loulou d'amour ne répond plus à mes messages.

— Il est fâché, ce n'est pas grave. Il va peut-être falloir que tu changes d'avis concernant le chien, voilà tout.

— Voilà tout ? Ah non, ça, c'est inconcevable.

— Alors ne viens pas chouiner, si tu te retrouves tout seul aujourd'hui !

— On peut dire que tu sais remonter le moral, toi !

— Il faut savoir ce que tu veux. Soit tu fais un petit effort et tu récupères Raphaël, un gars formidable qui je pense, doit être tout aussi malheureux que toi, soit tu cherches un autre mec auprès de qui tu te seras assuré au préalable qu'il déteste les chiens.

— Tu as raison, je vais y réfléchir. J'aime Raphaël, je suis sûr que c'est l'homme de ma vie et je n'ai pas envie de le perdre à cause d'un tas de poils.

— Voilà qui est plus sage.

— Merci ma chérie, heureusement que tu es là, tu m'aides toujours à y voir plus clair.

— Et pourtant je ne suis pas experte dans les problèmes de couple. Ça me fait beaucoup de peine de dire ça mais ma vie sentimentale ressemble à un désert aussi grand que le Sahara et Gobi réunis !

— C'est vrai que ta dernière histoire sérieuse remonte à il y a trois ans avec ton collègue Benjamin. Qu'est-ce qu'il était mignon, celui-là d'ailleurs ! Et depuis on ne peut pas dire que tu aies eu beaucoup de chance avec les mecs.

— Merci de me le rappeler, Vincent. Entre celui qui m'a fait croire que j'étais la seule et l'unique alors qu'il était marié avec deux enfants, celui qui m'a fait le coup de filer en douce du restaurant au moment de payer l'addition le soir de notre premier rendez-vous, et celui qui a oublié notre week-end en amoureux, tellement il n'en avait rien à faire de moi, je crois que j'ai eu ma dose ! Peut-être que les hommes ne sont pas faits pour moi, ou plutôt que je ne suis pas faite pour eux.

— N'importe quoi, arrête de dire des sornettes pareilles !

— Ce ne sont pas des sornettes et puis je n'ai pas spécialement envie d'en parler. De toute façon, en ce moment, j'ai d'autres chats à fouetter et je préfère me concentrer sur ma vie professionnelle. Je vais vraiment démissionner cette fois-ci.

— Tu dis ça à chaque fois et tu ne le fais jamais.

— Non, non, cette fois-ci, je suis décidée.

— Oh, laisse-moi deviner. Ce sont ces cours de pâtisserie ? Ils t'ont enfin ouvert les yeux sur le fait que tu n'as rien à faire derrière un bureau, je me trompe ? Raconte ! Comment ça se passe ?

— Super-bien ! Je ne t'ai pas vu depuis les deux derniers cours mais sache que ma relation avec Elliott s'est nettement améliorée depuis nos disputes à la librairie et au premier cours. En fait, c'est un type bien et il souhaite m'aider parce qu'il pense que j'ai un énorme potentiel en pâtisserie. Vendredi, il me l'a encore dit à la fin du cours. On avait un dessert à faire sur le thème de Pâques, alors j'ai revisité le paris-brest en forme d'œuf, avec une mousseline chocolat praliné et fève de tonka et un craquelin marbré. Apparemment, ça l'a épaté !

— Tant mieux ! Tu sais, moi, tu m'épates toujours.

— Oui, mais c'est vrai que de voir un grand professionnel apprécier autant ce que je fais, ça me fait plaisir et ça me donne plus confiance en moi. Et si je suis si douée qu'il le dit, alors pourquoi je resterais encore à Cosméo, à me morfondre sur ma chaise toute la journée ?

— Tu l'as dit, bouffi !

— En tout cas, la discussion qu'on a eue au Time's vendredi dernier m'a…

Mais Vincent ne me laisse pas finir ma phrase.

— Tu es allée dans ce bar avec ton prof ?

— Oui, c'était avant qu'on aille au Louvre.

— Saperlipopette, de mieux en mieux ! Tu es allée au musée avec lui ? J'avais raison quand je disais qu'il y avait baleine sous gravillon ! Deux rendez-vous en moins de quarante-huit heures, vous prenez le TGV !

— Mais ce n'est pas du tout ce que tu crois, c'était pour me montrer certaines de ses sources d'inspiration. C'était très instructif, vraiment.

— Tu m'étonnes !

Lui qui est arrivé chez moi avec un mouchoir et les larmes aux yeux a maintenant le regard qui pétille, toujours excité à l'idée d'apprendre de nouveaux potins. Mais je vais le décevoir car il se trompe sur les intentions d'Elliott.

— Je t'assure, nous sommes allés là-bas pour parler de pâtisserie, Elliott m'a…

Mais je n'ai encore pas le temps de finir ma phrase.

— C'est quand même un drôle de nom, ça, « Elliott ».

— Oui, d'ailleurs, je lui ai fait remarquer qu'il avait un prénom original, quand nous étions au musée. Il m'a expliqué que quand sa mère était enceinte de lui, elle a vu le film d'animation de Disney *Peter et Elliott le dragon* et elle a trouvé que c'était un joli prénom.

— Oui, enfin moi, j'aurais plutôt appelé un chien comme ça.

— Pfff, ce que tu peux être rabat-joie parfois. Moi, je trouve que ça lui va très bien.

— Tiens donc… Enfin bref, et cette visite au Louvre, tu t'es bien tenue au moins cette fois-ci ?

— Mais bien sûr, tu me prends pour qui ? Bon, il est vrai que ça a failli mal commencer. Quand je lui ai dit que je le trouvais un peu rustre, j'ai bien vu qu'il n'avait pas trop apprécié et j'ai dû m'excuser.

— C'est normal, t'aimerais toi, qu'on t'appelle *Madame Pierrafeu* ?

— Mais non, mais tu sais bien que je parle toujours trop vite. Ce n'était pas ce que je voulais dire. De toute façon, le reste de la visite s'est très bien passé, c'était super-intéressant et en plus, j'ai vu des peintures et des sculptures magnifiques. Par contre, à un moment, il est devenu tout pâle devant un tableau et j'ai dû le faire asseoir pour essayer de comprendre ce qui lui arrivait, il avait les larmes aux yeux. J'ai eu peur d'avoir encore gaffé mais en fait, il est veuf. Il a perdu sa femme dans un accident de voiture, et cette toile a ravivé en lui de mauvais souvenirs.

— Oh, le coup du veuf éploré ! Si ça, ce n'est pas de la drague !

— Arrête, ça n'a rien de drôle, je t'assure que c'est vrai ! Je ne suis plus du genre à me laisser berner par des menteurs. Et là, je suis sûre et certaine qu'il ne mentait pas.

— Oh merde ! Excuse-moi, c'est vraiment affreux comme histoire alors !

— Je ne te le fais pas dire. Il avait l'air si malheureux en en parlant, je ne savais pas quoi faire pour le réconforter. Je l'aurais bien…

— Embrassé ?

— Non ! J'allais dire que je l'aurais bien pris dans mes bras mais je n'ai pas osé…

— Mais il va falloir que tu oses un peu plus, ma poulette, si tu veux sortir avec lui. Ça ne va pas se faire par l'opération du Saint-Esprit !

— Mais n'importe quoi ! Je ne veux pas sortir avec Elliott ! Il est vraiment bel homme, charmant et beaucoup plus sensible qu'il n'y paraît, mais c'est juste mon prof !

— Ben tiens. Je te connais par cœur, Eva, et quand tu parles de lui, tu as plein d'étoiles dans les yeux et un petit sourire au coin des lèvres. Et ça, ça veut dire que tu es amoureuse. Je comprends mieux pourquoi tu dis vouloir te focaliser sur ta vie professionnelle en ce moment !

— Mais non, ça n'a rien à voir. Et puis… de toute façon, il ne pense encore qu'à sa femme disparue.

Je crois qu'il n'est pas prêt à entamer une nouvelle relation avant un bon quart de siècle.

— On dirait que ça te dérange.

— Non, c'est juste que je trouve cela dommage. À son âge, sa vie sentimentale ne devrait pas être terminée.

— Bien sûr, et si cela pouvait être avec toi, ce serait encore mieux.

— Tu n'en as pas marre de vouloir essayer de me caser avec lui ?

— Non, pas du tout, à vrai dire ! Parce que je sens qu'il se passe un truc entre vous deux et que ça me briserait le cœur, sans exagération aucune, de voir que ma meilleure amie est encore passée à côté du bonheur.

Vincent peut parfois sembler assez intrusif dans ma vie privée mais je sais bien qu'au fond, il veut juste que je sois heureuse. Et je dois bien avouer que moi aussi, je me pose des questions concernant Elliott. Sa sensibilité et sa fragilité au Louvre ont déclenché chez moi quelque chose que je ne saurais réellement définir.

— Merci Vincent, je sais bien que tu veux m'aider, mais même si je n'étais pas totalement indifférente à Elliott, ce serait peine perdue, il n'y a que sa femme qui compte pour lui.

— Alors là, il faudrait que j'aie l'occasion d'en juger par moi-même !

Cela me fait justement penser qu'Elliott nous a parlé vendredi de son souhait d'organiser dans trois semaines une séance de cours où l'on devra amener un de nos proches. Bien sûr, je comptais y inviter Vincent et on dirait que ça tombe bien.

— Tu pourras t'en rendre compte dans trois semaines, si tu veux. Elliott aimerait qu'on vienne avec l'un de nos proches pour nous aider à réaliser nos pâtisseries ce jour-là.

— Ah bon ? Effectivement, cela pourrait être intéressant. Et normalement, je n'ai rien de prévu.

— Mais je te préviens, je ne veux pas que tu joues les entremetteurs ou les petites fouines, tu viens juste m'aider en pâtisserie et observer, hein ?

— Mais oui, tu me connais... En tout cas, j'espère qu'on fera un dessert un peu plus élaboré que le pauvre cake qu'il y a sur ta table !

— Zut, Mamie !

Quand j'arrive devant la porte de ma grand-mère, il est treize heures quinze passées, j'ai donc plus d'une heure de retard et j'hésite à appuyer sur la sonnette. Il faut dire que je n'ai même pas pris le temps de la prévenir avant de quitter l'appartement. J'ai juste réexpédié rapidement Vincent chez lui et pris le cake avec moi avant de courir à ma voiture au sous-sol. C'est donc un grand dilemme qui se présente devant moi. Soit j'appuie sur cette satanée sonnette et il faut se rendre à l'évidence que ma fin est proche, soit je fais demi-tour discrètement et je rentre chez moi égoïstement en inventant une excuse débile. Non, je crois que je suis un peu masochiste et préfère encore entendre des reproches que de louper cette journée avec ma grand-mère.

Quand elle vient m'ouvrir la porte, celle-ci n'est encore qu'entrebâillée que le florilège commence.

— On peut dire que si tu tiens quelque chose de ta mère, c'est bien ton manque de ponctualité. Je me doutais bien que tu serais en retard, c'est une question d'habitude chez toi, mais là, tu bats un record, dis-moi !

— Bonjour Mamie, moi aussi je suis contente de te voir... Je suis vraiment désolée d'arriver si tard mais Vincent est venu me voir au moment où j'allais partir et il n'allait pas bien, je ne pouvais pas le mettre dehors.

Comme je m'y attendais, cette excuse ne convient pas à ma grand-mère, je décide donc de sortir mon cake pour essayer de l'amadouer par son côté gourmand.

— Tiens, je l'ai fait ce matin exprès pour toi. Au

citron avec des morceaux de fruits confits, comme tu l'aimes.

— On aura toujours ça à manger alors. Parce que je crains fort que le lapin et la jardinière de légumes que j'ai cuisinés pour toi ce matin ne soient un peu trop cuits, à force d'attendre sur le feu.

Heureusement que lorsque ma grand-mère bougonne, ça ne dure pas trop longtemps ! Au moins, je suis contente de voir qu'elle est totalement remise de son infarctus !

Nous nous mettons rapidement à table et commençons à discuter de son voisinage, de la femme de ménage qui abîme toujours ses chaises en osier lorsqu'elle monte dessus pour nettoyer les vitres, et de mes cousins qui sont venus lui rendre leur visite annuelle la semaine dernière.

Au moment de prendre notre dessert, qui lui, n'a pas souffert de mon retard puisqu'il s'agit d'une glace au café préparée par ma grand-mère, je décide d'aborder le sujet fâcheux de son jardin.

— Alors Mamie, est-ce que tu as réfléchi pour le jardin ? Vas-tu diminuer un peu la surface dont tu t'occupes ou prendre quelqu'un pour t'aider ?

— Mais je ne t'ai pas attendue pour le faire ! D'ailleurs Michel est venu ce matin pour planter mes pieds de tomates.

— Michel ? Celui qui vient déjà tondre la pelouse ?

— Oui, ce Michel-là. Je ne suis plus toute jeune mais j'ai encore toute ma tête, tu sais. Et ce qui m'est arrivé l'autre jour m'a fait réfléchir. Je n'ai pas encore envie d'aller rejoindre ton grand-père, il peut bien encore attendre un peu, donc j'ai demandé à Michel de m'aider dans le potager. Une aide rémunérée bien sûr, car à notre époque, on ne rend plus aucun service gratuit.

— Waouh ! Mamie, tu m'épates sur ce coup-là ! Je pensais que j'allais encore devoir faire des pieds et des mains pour que tu acceptes d'en faire moins. Alors pendant que j'y suis, je vais aussi te demander si tu prends bien tous tes médicaments ?

— Oui… enfin ceux pour le cœur et l'hypertension. Mais il m'arrive d'en sauter un.

— Et pourquoi ça ?

— Parce qu'il est trop gros et que je n'arrive pas à l'avaler. C'est juste un antidouleur. Il m'énerve, alors parfois, je le laisse de côté dans le pilulier.

— C'est du beau ! Le docteur Bontin va encore être content que tu ne suives pas ton ordonnance !

— Oh, ce n'est qu'un antidouleur, et je ne suis pas en sucre tout de même ! Et depuis que Michel m'aide dans le jardin, j'ai beaucoup moins de mal.

— Et tu es contente du travail de Michel ?

— Oh, ne m'en parle pas ! Trouver du bon

personnel de nos jours, je crois que c'est devenu chose impossible !

C'est tout à fait ma grand-mère, cette phrase. Elle n'est jamais satisfaite du travail des autres, encore moins quand il s'agit d'œuvrer pour elle. Personne n'est assez bien pour Henriette Carlier.

— Tu n'exagères pas un peu ?

— Non, pas du tout. Quand il vient l'après-midi, je l'observe de la véranda où je bois mon thé, puis quand il part, je vais voir ce qu'il a fait. Et je peux te dire qu'il devrait porter des lunettes plus fortes parce qu'il oublie la moitié des herbes quand il bine !

— Tu sais comment on devrait t'appeler ? Inspectrice des travaux finis !

— Oui, en attendant, heureusement que l'inspectrice repasse derrière lui ! Et ce n'est pas tout. Quand il arrose, on dirait que c'est lui qui paie l'eau, tellement il en met peu aux légumes !

— Tu es infernale ! Enfin, je me doute que ça ne doit pas non plus être évident pour toi de devoir déléguer à ton âge alors que tu as toujours tout réalisé toute seule. Mais le plus important, c'est que tu aies fait cette démarche de prendre quelqu'un pour te seconder, je suis contente.

— Oui, enfin je n'ai pas vraiment le choix. Mais arrêtons un peu de parler de ta vieille grand-mère aigrie si tu veux bien, et donne-moi de tes nouvelles.

Es-tu retournée à tes cours de pâtisserie ? Tu ne m'en as même pas parlé au téléphone !

— Je ne t'en ai pas parlé au téléphone car à chaque fois tu ronchonnes que je te dérange pendant ton souper, alors je préférais attendre de te voir pour te raconter.

— Eh bien, je suis tout ouïe.

Je lui relate alors les différents événements qui ont eu lieu depuis que je suis allée la voir à l'hôpital, lui explique comment mon opinion concernant Elliott a évolué au fil de ces dernières semaines et à quel point je me suis trompée sur lui, et enfin lui fait part de ma démission prochaine. J'en profite alors pour demander à ma grand-mère, qui ne m'a pas du tout interrompue le temps de mon récit, ce qu'elle pense de cette décision.

— Écoute Eva, cela doit faire vingt fois que tu me parles de ton intention de démissionner et vingt fois que je te réponds que tu aurais dû le faire depuis longtemps parce que la vie est courte et qu'il est trop bête de perdre ton énergie dans un métier que tu n'aimes pas. Et donc vingt fois que tu ne suis pas les conseils avisés de ta grand-mère. Alors, si cet Elliott a réussi à te convaincre de changer de voie, je n'ai qu'un mot à dire : Alléluia !

— Oui, c'est vrai qu'avant, ça me trottait dans la tête mais je n'osais pas aller plus loin. Maintenant je vais à des cours de pâtisserie où le chef me dit que je suis douée, tu te rends compte, Mamie ! Je dois vraiment faire ce que j'aime et avec un peu de persévérance, j'arriverai au bout de mon projet de salon de thé.

— Heureusement que je t'ai convaincue d'y retourner à ces cours ! On a toujours besoin de sa mamie. Et quand comptes-tu donner ta lettre de démission ?

— J'attends la réunion sur la présentation d'une grosse étude géomarketing sur laquelle je travaille en ce moment qui aura lieu dans quelques semaines, et après je donnerai ma lettre à cette vieille chouette de Marie-Sylvie. J'attends cette présentation car c'est un dossier sur lequel je travaille depuis un bout de temps, dans lequel je me suis investie et je n'ai pas envie qu'on me le retire sous prétexte que je vais quitter l'entreprise.

— En tout cas, je te trouve bien sûre de toi cette fois-ci, ça change ! Et tu es excitée comme un pou depuis qu'on parle de ton pâtissier, j'ai bien l'impression qu'il n'a pas fait que te donner du courage. J'aurai peut-être une chance de connaître mes arrière-petits-enfants.

— Quoi ? Mais non, Mamie, tu t'emballes là ! On s'entend bien maintenant, pour le moment c'est tout.

— Ma chère petite-fille, sache que ce n'est pas à

un vieux chimpanzé qu'on apprend à faire des grimaces. Je sais reconnaître quand il se trame quelque chose entre un homme et une femme, et tu as des sentiments pour celui-là, ce n'est pas la peine d'essayer de me mentir. Et puis, à ton âge, il serait temps que tu te trouves un mari. Tu n'es déjà plus toute jeune pour avoir des enfants !

— Merci Mamie, je suis au courant que j'ai trente ans et que le temps passe, tu me le répètes assez souvent. Tu as vraiment le don pour démoraliser les troupes en deux secondes, toi !

— Je veux juste te faire comprendre qu'il n'y a pas de honte à avoir des sentiments pour un homme, et qu'il serait fort dommage de passer à côté sous prétexte que tu fais l'autruche.

— Mais je ne fais pas l'autruche !

— Oh que si !

— Mais non ! De toute façon, j'ai déjà eu le même sermon de la part de Vincent ce matin, ce n'est pas la peine de relancer le débat.

— Ah tiens, Vincent est du même avis que moi ? Et tu dis que tu ne fais pas l'autruche ?

Mais ce n'est pas vrai, qu'est-ce qu'ils ont tous avec Elliott aujourd'hui ? Je leur parle de mon projet professionnel et tout ce qui les intéresse, c'est de me voir casée ! En même temps, n'ont-ils pas un peu raison ? Ne fais-je pas un peu l'autruche, comme dirait ma grand-mère, en disant que nous nous entendons bien alors que je serais plus que ravie qu'Elliott me demande d'aller visiter un autre musée ou tester un nouveau restaurant à Paris avec lui ? Je crois que je cherche seulement à me protéger de mes sentiments envers lui. Il est charmant et je suis aux anges quand je suis avec lui, mais je n'ai pas envie de souffrir à nouveau en tombant amoureuse d'un homme qui n'est pas disponible. Lorsqu'il m'a raconté la disparition de sa femme, je dois bien avouer que ce qui m'a le plus touchée n'est pas la tragédie en tant que telle, mais son immense douleur d'avoir perdu l'amour de sa vie. Il n'a pas encore fait le deuil de cette séparation et n'est pas prêt à entamer une nouvelle relation. Son cœur appartient toujours à sa femme, alors ne vaut-il pas mieux que je fasse comme si de rien n'était ?

— Eva ? Tu rêves ?

Ma grand-mère me sort de ma réflexion en me faisant signe d'aller ouvrir la porte où quelqu'un vient de frapper. Il s'agit de Monica, en compagnie d'un splendide bouquet de lys et d'œillets, qui arrive pour prendre le thé avec nous. J'en profite pour nettoyer et ranger la cuisine où nous venons de manger et prépare la bouilloire et la théière, pendant que ma grand-mère et Monica s'installent dans la véranda où les rayons du soleil pénètrent entièrement à cette heure-ci de la journée.

Quelques minutes plus tard, je les rejoins avec un plateau, trois tasses de thé au jasmin et quelques parts de cake dans une petite assiette en porcelaine.

— Henriette me faisait part de ton désir de démissionner. C'est une bonne chose que tu te sois décidée dans ce sens, me dit Monica.

— Oui, j'espère que je fais le bon choix.

— Et elle me disait que tu avais rencontré quelqu'un, un certain Elliott ?

— Non, ça, c'est Mamie qui extrapole comme d'habitude, lui dis-je en jetant un regard noir à ma grand-mère.

Elle sait bien que je n'aime pas trop parler de ma vie avec Monica, que je ne veux pas être au courant de quoi que ce soit me concernant et en devenir plus ou moins dépendante. Cela étant, je comptais l'appeler pour la prévenir que j'avais donné ses coordonnées à Elliott et qu'il se manifesterait peut-être à elle, j'en profite donc pour lui en parler de vive voix.

— En fait, il s'agit de mon professeur de pâtisserie et je lui ai donné ta carte de visite. Il a vécu une terrible épreuve, il y a quelques années, sa femme est décédée dans un accident de voiture et il ne s'en est toujours pas remis. Je lui ai dit qu'il pourrait

peut-être voir avec toi si tu pouvais l'aider, comme je sais que tu as déjà pu communiquer avec certaines personnes disparues. Mais il n'a pas l'air de croire à tout cela et tu ne le verras probablement jamais.

— Moi, je pense qu'il viendra, il faut juste le temps que cette idée fasse son chemin dans sa tête, répond Monica assez sûre d'elle.

— De toute façon, tu m'as déjà parlé de cette histoire, dit ma grand-mère en s'adressant à son amie voyante.

Alors là, je reste interloquée ! Qu'est-ce qu'elles ont bien pu se raconter qui concerne Elliott alors qu'elles ne l'ont jamais vu ? Je sais que ma grand-mère consulte régulièrement Monica mais je n'ai aucune idée de ce qu'elles se disent puisque je ne veux pas être au courant ! Ma grand-mère doit voir sur mon visage un gros point d'interrogation et tente de se rattraper.

— Ah mais non, je confonds avec le monsieur qui est venu te voir la semaine dernière et qui avait perdu son épouse dans un accident d'avion. La mémoire me joue des tours à mon âge.

Ça y est, ma grand-mère me refait le coup du vieux dinosaure, mais je n'y crois pas du tout cette fois-ci. Je préfère ne pas poser de questions même si j'aimerais bien savoir ce qu'elles se sont dit sur Elliott.

Tout au long de l'après-midi, entre deux conversations sur le voisinage et les radis du jardin, je ne peux m'empêcher de repenser à cette discussion et me poser des questions. Va-t-il vraiment venir voir Monica ? Quelle raison pousserait Elliott à faire ça, lui qui n'accorde que peu de crédit à la voyance ? Et ma grand-mère aurait-elle consulté son amie pour mon avenir, ce qui expliquerait comment elles en sont venues à parler d'Elliott ? Autant de réponses que je n'aurai pas pour le moment et qui devront attendre que les choses se réalisent d'elles-mêmes.

Chapitre 10

Vendredi 23 mai 2014 – Elliott

Après une journée bien remplie, il ne me reste plus que la séance de ce soir et j'ai hâte qu'elle commence.

Il y a quelques semaines, j'ai proposé à mes élèves de venir au cours d'aujourd'hui accompagnés d'un de leurs proches. C'est un concept que j'aime beaucoup quand je m'entends bien avec mon groupe, et que je propose souvent aux alentours de la septième séance, quand nous sommes suffisamment à l'aise les uns avec les autres. Ah, c'est sûr que mes mollusques du lundi n'y ont pas eu droit, j'ai eu trop peur de me retrouver avec quatre mous supplémentaires ! Heureusement que mes cours sont terminés avec eux, je suis enfin débarrassé !

La première fois que j'ai mis cette idée en place, c'était pour avoir de l'aide. Quand j'ai commencé à donner mes cours, les *wedding cakes* étaient en plein essor en France et je me suis dit que cela pourrait être sympa d'organiser un cours dédié à l'art de la pâte à sucre et aux gâteaux de cérémonie anglais. Mais comme les séances ne durent que trois heures, il aurait été compliqué de réaliser un dessert au volume conséquent qui soit à la fois bon et beau artistiquement parlant en si peu de temps.

Il m'est donc venu à l'esprit d'inviter une personne en plus par élève, qui servirait en quelque sorte de commis, qui permettrait de gagner du temps en aidant à la réalisation de ces gâteaux, et pourrait en même temps profiter d'un de mes cours gratuitement.

Même si j'avais espéré attirer quelques nouveaux clients en faisant cela, je ne m'attendais pas à un tel retour sur investissement ! Car depuis, j'ai réitéré l'expérience de nombreuses fois et il y a toujours au moins une personne présente qui souhaite ensuite s'inscrire au forfait des dix cours. Je dois admettre que j'ai trouvé là un très bon moyen de communication !

Le métier de professeur ne me fait pas rêver mais je suis assez satisfait de la manière dont j'ai réussi à mener cette entreprise, qui après seulement deux ans est devenue très rentable. Et puis c'est toujours très appréciable de voir que mes cours plaisent autant aux gens.

Il n'y a qu'un hic pour ce soir. Mon frère. J'ai commis l'erreur fatale de lui parler de ce cours lorsque je suis allé à la librairie samedi matin. Il était occupé à chercher le dernier livre de Dennis Lehane que lui réclamait une cliente quand je suis passé voir comment il allait, à deux semaines de la naissance du bébé. Mais bien évidemment, la seule chose qui l'intéressait était de prendre des nouvelles d'Eva.

— Alors ? Comment va Eva ?

— Bien je suppose, depuis hier soir. Tu sais qu'elle va bientôt démissionner ?

— Bah non, je ne suis pas devin ! C'est ta copine, pas la mienne !

— Ce n'est pas ma copine, Adam, combien de fois faut-il que je te le répète ! Bref, on est allé boire un verre hier après le cours, et elle m'a parlé de ses projets. Je suis content qu'elle se soit décidée à changer, elle serait vraiment passée à côté de son talent.

— Le verre de l'amitié, je suppose ?

— Tu as tout compris !

— Mais bien sûr… Depuis le temps que tu me parles de cette fille, j'aimerais bien la rencontrer.

— Je ne suis pas sûr que ce soit une bonne idée,

te connaissant. Par contre moi, la semaine prochaine, je vais rencontrer un de ses proches lors du cours sur les *wedding cakes*. Je suis curieux de savoir qui elle va amener. Une collègue ou une copine sans doute.

— Mais dis donc, ce cours, c'est bien celui où chaque élève vient accompagné d'une personne ?

— Oui… pourquoi ?

— Eh bien, je trouve que ce serait une bonne idée si toi aussi tu venais avec quelqu'un pour t'aider. Quelqu'un de vraiment proche de toi, comme ton frère par exemple…

— Je te vois venir avec tes gros sabots, n'y pense même pas, Adam ! Et puis tu travailles trop tard le vendredi.

— Ça, ce n'est pas un problème. Je m'arrangerai avec Anaïs, elle fera la fermeture. Depuis le temps que je dois venir te voir au laboratoire, c'est l'occasion !

— Oui mais je sais très bien pourquoi tu veux venir et je sais d'avance que tu vas faire le gros lourdaud.

— Non promis, je viendrai juste pour observer et t'aider.

— M'aider ? Tu risques de me faire exploser le laboratoire si je ne te surveille pas !

— De toute façon, tu sais bien que je ne lâcherai pas l'affaire.

— Je sais, c'est bien ça qui m'inquiète…

— Je te jure que je me ferai tout petit et que je serai un parfait commis.

— Bon, c'est d'accord, mais tu ne fais pas de boulette avec Eva, sinon je n'hésiterai pas à faire croire à la terre entière qu'en réalité, tu es gay.

— Oh, le chantage ! Tu n'as pas honte, avec ton petit frère ?

— Non, pas du tout !

— OK, marché conclu alors !

En tout cas, j'espère qu'il tiendra sa promesse. Et je ne vais pas tarder à être fixé car voilà Adam qui arrive tout sourire au laboratoire avec vingt minutes d'avance. Comme convenu, il prend son rôle de commis à cœur et m'aide à tout mettre en place pour l'arrivée des élèves.

À dix-huit heures, Patrick est le premier participant à rentrer dans le laboratoire, accompagné d'une femme qui n'a pas l'air très commode, je suppose donc qu'il s'agit de son épouse. Le deuxième arrivé est Angelo, lui aussi accompagné d'une dame, de type méditerranéen comme lui, arborant un sacré décolleté. Peut-être s'agit-il aussi de sa femme. Vient ensuite Valérie, avec une femme d'un certain âge au style très strict et un chignon bien serré. Ce doit probablement être sa mère puisque c'est la seule personne dont elle nous ait jamais parlé.

Eva arrive comme à son habitude la dernière, accompagnée d'un homme, un grand brun âgé d'une trentaine d'années, et plutôt beau, je dois avouer. Il s'agit peut-être d'un de ses collègues. Nous n'allons pas tarder à le savoir puisqu'une fois que tout le monde a pris place devant son plan de travail habituel, je commence le cours par un petit tour de table.

— Bonjour à tous ! Et merci de votre venue aujourd'hui pour ce cours un peu particulier. Je vous propose de vous présenter dans un premier temps, de nous dire pourquoi vous avez accepté d'assister à cette séance puis je vous expliquerai ce que nous allons faire. Alors, qui se lance ?

— Moi, je veux bien commencer. Je m'appelle Liliane et je suis la femme de Patrick. Je suis venue parce que j'ai payé ces cours à mon mari et que j'étais intriguée, je voulais voir à quoi cela ressemblait. Depuis qu'il vient ici, Patrick a fait de gros progrès en pâtisserie. Enfin, il n'avait pas de mal à s'améliorer vu le désastre que c'était avant !

Aussi aimable que je l'avais imaginée, celle-là ! Je n'aimerais pas me la récupérer pendant dix cours ! Pauvre Patrick, comme je le plains… Tout comme Valérie, qui a dû être élevée à la dure. Je ne m'étais pas trompé en pensant qu'elle était accompagnée de sa mère, Aliénor. Celle-ci m'exprime sa gratitude de l'avoir sauvée, depuis quelques semaines, des pâtisseries surgelées que lui sert habituellement sa fille en guise de dessert. Elle est prête à repayer deux autres séries de cours à sa fille, même si Valérie semble protester qu'elle n'aura pas le temps d'y venir. J'ai bien l'impression qu'elle ne lui laissera pas le choix !

C'est ensuite au tour de la femme accompagnant Angelo de se présenter.

— Je m'appelle Veronica, je suis Italienne et je suis la femme d'Angelo depuis bientôt vingt ans d'amour. Je suis venue soutenir *mio caro* qui se donne du mal pour nous faire plaisir aux enfants et à moi, et en profiter pour apprendre quelques astuces en pâtisserie.

Ah, voilà une personne agréable au moins, ça fait plaisir ! Et à voir le regard échangé entre Angelo et son épouse, j'ai l'impression que ces deux-là sont amoureux comme au premier jour.

Il ne reste plus qu'à l'homme venu avec Eva de se présenter.

— Hello, tout le monde ! Moi, c'est Vincent, je suis l'ami d'Eva et je suis venu par curiosité. Je n'y connais rien en cuisine et pâtisserie mais Eva me prépare toujours de délicieux gâteaux que je peux goûter quand ils sortent juste du four, c'est un régal.

Il faut dire que ça aide quand on habite à la même adresse !

Comment ça, ils habitent à la même adresse ? C'est son copain ? Mais elle ne m'en a jamais parlé ! Moi qui pensais qu'elle était célibataire quand nous discutions, je me suis mis le doigt dans l'œil ! D'abord, que lui trouve-t-elle à ce pingouin métrosexuel ? OK, il est pas mal physiquement mais question virilité, on repassera ! Je ne sais pas pourquoi cela m'énerve autant mais j'essaie de me calmer car c'est à moi de reprendre la parole et de leur présenter Adam.

— Bienvenue à vous tous ! Moi aussi je suis venu avec quelqu'un, je vous présente mon frère, Adam.

— Bonjour, tout le monde ! leur dit Adam avec un sourire aussi large qu'une banane.

— Il a tenu à m'assister aujourd'hui dans ce que nous allons réaliser, des *wedding cakes*.

— Des quoi ? répondent en chœur Patrick et Angelo.

— Des *wedding cakes*. Littéralement, ce sont les gâteaux de mariages anglais. Comme je me doutais que tout le monde ne connaissait pas, je vous ai amené quelques photos pour que vous vous rendiez compte par vous-mêmes.

En voyant les photos, ils trouvent assurément les desserts magnifiques mais Patrick est paniqué.

— Mais on n'arrivera jamais à faire ces trucs-là !

— Ne t'inquiète pas, Patrick, je ne vais pas vous laisser tout seuls pour faire ces gâteaux. Et c'est aussi pour cette raison que vous avez un invité pour vous aider aujourd'hui, qui écoutera et fera ce que vous lui direz de faire puisque vous avez probablement maintenant plus de connaissances que lui en pâtisserie. De cette manière, nous gagnerons du temps pour réaliser les biscuits et les crèmes de garniture, et nous pourrons ainsi garder plus de temps pour le côté artistique de ce dessert. Cette fois-ci, nous allons tous partir sur la même recette de gâteau que je vais vous distribuer. Au fur et à mesure, avec Adam, nous vous présenterons les différentes étapes. Pour la partie décoration avec la pâte à sucre, nous vous montrerons comment utiliser cette pâte avec les emporte-pièces et les moules à frise, ainsi qu'un exemple de réalisation, mais vous pourrez aussi personnaliser votre dessert. Libérez l'artiste qui est en vous ! Bien sûr, je suis là pour vous aider si besoin. Voilà, je crois vous avoir tout dit, alors nous pouvons commencer.

Alors que tout le monde s'affaire à la réalisation des génoises servant de base au gâteau, Adam en profite, comme je m'y attendais, pour venir me chuchoter ses premiers commérages de fille sur Eva.

— Dis donc, petit cachottier, tu ne m'avais pas dit

qu'elle était aussi mignonne. Tu m'étonnes qu'elle te plaise ! Et à voir la manière dont elle te regarde, j'ai bien l'impression que c'est réciproque.

— N'importe quoi ! Tu l'as entendu comme moi, elle a déjà un copain. Regarde comme il lui touche la main et caresse le bras ! Il pourrait se retenir devant nous, quand même ! Et laisse-moi te dire qu'ils ne vont pas du tout ensemble, elle et son « beau gosse » de Vincent. Elle est si naturelle et lui, si maniéré.

— Ça y est ? Tu as fini ta crise ? Non mais j'hallucine, tu es jaloux comme un pou !

— Je ne savais pas que les poux étaient jaloux…

— Ne te fais pas plus bête que tu ne l'es dans cette histoire, Elliott. Si tu ne ressentais rien pour Eva, tu ne réagirais pas au quart de tour concernant un éventuel petit copain.

Je dois avouer qu'il n'a pas totalement tort. Si elle m'était indifférente, je ne me serais pas énervé comme ça en apprenant qu'elle n'est pas célibataire et je n'aurais pas ressenti cette immense déception.

Je suis tellement content quand je la vois arriver le vendredi soir d'habitude. Elle illumine ce cours avec sa bonne humeur communicative et je sais que grâce à elle, je ne vais pas passer mon week-end à ruminer le passé. Mais tout s'embrouille dans ma tête en ce moment, Claire est toujours présente dans mon cœur et je ne veux pas la trahir.

Enfin, je n'aurai plus à me poser de questions vu l'état actuel des choses. Et c'est bien ce que je compte faire comprendre à Adam.

— OK, admettons que je ne sois pas indifférent à son charme. De toute façon, cela ne change plus rien maintenant que nous savons qu'elle est en couple.

— En couple ? Mais tu dis vraiment n'importe quoi des fois ! Tu as vu Vincent ? Tu l'as bien observé avec ses petits mocassins vernis et sa chemise ultra-moulante ? Il est gay !

— Ah bon ? T'es sûr ?

— Plus sûr, tu meurs ! Il a dit être son ami, pas son « petit ami ».

— Oui, c'est vrai qu'il a une allure particulière mais il a aussi dit qu'ils habitaient ensemble.

— Et la colocation, tu ne connais pas, monsieur J'ai-quarante-ans-de-retard-sur-la-société-actuelle ?

— C'est vrai que je n'y ai pas pensé, dis-je à Adam, d'un air hébété.

— Tu ne penses pas beaucoup, en ce moment, toi. C'est fou l'effet que les femmes ont sur nous !

— Oui, ce n'est pas faux ça.

— Écoute, je vais me débrouiller pour connaître la vérité d'ici la fin du cours mais j'ai déjà la réponse.

— Ne fais pas de bêtises, s'il te plaît, j'ai une réputation à tenir ici.

— T'inquiète pas, on a conclu un marché et je

t'assure que je n'ai pas envie de finir dragué par tous les mecs gays de mon quartier !

Nous arrêtons enfin de chuchoter pour pouvoir montrer la prochaine étape aux binômes, la réalisation des ganaches. Dans cette recette, il s'agit de faire trois étages de gâteaux pour un *wedding cake* aux trois chocolats. Nous nous mettons donc à préparer une ganache au chocolat noir, puis une au chocolat au lait et enfin une au chocolat blanc. Je suis content de voir que chaque groupe y met du sien et qu'ils sont tous motivés pour faire de la pâtisserie. Mais on ne peut pas dire que l'ambiance soit la même au sein de chaque binôme. Liliane ne peut s'empêcher de faire des réflexions désagréables à Patrick dès qu'il commet une maladresse ou salit un peu son poste de travail. À l'opposé, Angelo et Veronica sont très complices, ce qui donne une belle fluidité dans leur organisation. Aliénor, quant à elle, inverse complètement les rôles et n'arrête pas de donner des ordres à Valérie qui s'exécute sans broncher. Enfin, entre Eva et Vincent, tout a l'air de rouler comme sur des roulettes jusqu'à ce qu'on entende Vincent hurler.

— Saperlipopette, Eva ! Quand vas-tu donc cesser de vérifier quinze fois que le gaz est éteint ? C'est pas vrai, il faut que tu arrêtes avec ces TOC !

Adam, qui me glisse à l'oreille qu'il faut vraiment

être gay pour encore utiliser le mot saperlipopette de nos jours, me fait un clin d'œil comme il n'a jamais su les faire, et saute sur l'occasion pour vérifier son opinion.

— Dis donc, tu n'es pas très patient avec ta petite amie ! Quand on vit ensemble, il faut accepter les défauts de sa partenaire. Crois-moi, j'ai appris ça avec ma femme, lance-t-il à Vincent.

Mais Vincent n'a pas le temps de répondre qu'Eva le fait à sa place.

— Ah non ! Mais non, non, je ne suis pas du tout sa petite amie, ça ne risque pas ! Vincent s'est mal exprimé tout à l'heure, on n'habite pas ensemble, on est dans le même immeuble, c'est tout ! C'est mon meilleur ami mais ça s'arrête là, il ne faut surtout pas qu'il y ait de méprise sur le sujet !

— Suis-je bête, renchérit Vincent, j'aurais dû être plus clair...

— Oh, mais il n'y a pas de mal, les malentendus arrivent à tout le monde, dit Adam en se tournant vers moi, fier de lui.

— D'ailleurs, si j'étais intéressé par quelqu'un ici, ce serait plutôt toi, Adam, lui lance-t-il en lui faisant un clin d'œil.

À voir tout à coup Adam se décomposer et devenir tout rouge, je me dis que c'est quand même drôle l'effet que produit la séduction des gays sur les hétéros. À ce moment précis, je pense que si mon frère pouvait rentrer dans un trou de souris, il le ferait en moins de deux ! Et je ne suis pas le seul que ça fasse rire, tout le monde se met à glousser en voyant la tête d'Adam.

En même temps, je suis bien content qu'il ait eu cette petite discussion car maintenant, les choses sont claires. Et bizarrement, Vincent me paraît tout de suite beaucoup plus sympathique ! Eva avait l'air stressée par cette méprise, serait-ce par rapport à moi ? De toute façon, je peux compter sur mon frère pour continuer à faire la fouine ou une gaffe d'ici la fin du cours !

Après avoir terminé les ganaches et les avoir refroidies au surgélateur, nous entamons le découpage, le garnissage et le montage des gâteaux en pyramide. Et je n'en reviens toujours pas de voir Adam prendre très au sérieux son rôle d'aide-pâtissier. Moi qui craignais de voir *Hulk* débouler dans mon laboratoire, je dois admettre que son aide m'est très précieuse aujourd'hui.

Une fois le montage terminé, nous entamons la phase de décoration avec la pâte à sucre. Adam et moi partons sur un exemple basique de pâte à sucre blanche avec quelques frises fleuries, de gros nœuds rouges entourant les différents étages, un bouquet de roses pourpres au sommet du gâteau, ainsi que des perles argentées et des petits cœurs rouges parsemés ici et là sur chaque étage du dessert. Tous les binômes, qui se sont arrêtés de travailler pendant la démonstration, se rendent maintenant compte que ce n'est pas si difficile d'obtenir un joli résultat avec cette technique de décoration. Chaque groupe se met alors à l'ouvrage et pendant qu'Adam fait une partie de la plonge pour s'occuper, ce qui m'arrange bien je dois dire, je passe parmi les élèves pour les conseiller et les aider à manipuler la pâte à sucre.

Une heure plus tard, le cours touchant à sa fin, je demande comme d'habitude aux élèves de ranger et nettoyer tous les plans de travail afin qu'il ne reste plus que leur création attendant nos commentaires. Nous entamons ensuite un tour de table en nous regroupant tous auprès du *wedding cake* de Patrick et Liliane. Et le moins que l'on puisse dire, c'est que leur gâteau, dont la décoration rose pâle reste somme toute assez sobre, est plus que branlant ! Cela a l'air de déplaire fortement à Liliane qui rejette bien sûr toute la faute sur son mari. Je leur ai bien dit de mettre plus de ganache d'un côté pour contrebalancer leur génoise qui n'a pas poussé de manière homogène à la cuisson mais on dirait que ça n'a pas suffi à le redresser. Finalement, je dirais que leur gâteau est une représentation assez fidèle de leur mariage, il manque d'équilibrage ! Même si cela me démange, je me retiens de tout commentaire à ce sujet et félicite le binôme pour leur création, dans laquelle ils se sont tous les deux investis malgré ce léger problème.

Nous passons ensuite à l'œuvre d'Angelo et Veronica qui est pour le moins... peu commune. Il y a des symboles bizarres qui ont été taillés dans la pâte à sucre sur les trois étages du *wedding cake*.

— Une question me taraude, Angelo. Que sont donc ces petits dessins tout autour ?

— Ce sont des scènes du *Kâma Sûtra*, pardi ! C'est Veronica qui a eu l'idée. Bon, nous ne sommes pas très doués en dessin mais on a fait ce qu'on a pu.

— Ce sont toutes les positions que nous avons testées avec *mio caro*. Je me suis dit que cela irait parfaitement sur le gâteau de *l'amore*, renchérit Veronica.

— Ah, ces Italiens, toujours aussi *caliente*, à ce que je vois ! lance Adam, aussi abasourdi que moi.

— En effet, ça ne me serait pas venu à l'idée ! Mais il y a un vrai travail d'artiste, c'est... intéressant, dis-je pour compléter.

Le reste de l'assemblée a l'air aussi hébété que nous et acquiesce en hochant la tête. Nous ne nous éternisons pas sur le *wedding cake* de nos deux épicuriens et passons rapidement à celui de Valérie et Aliénor.

— Oh, mais il est trop beau celui-là, j'adore les couleurs et tes cœurs en relief sont magnifiques ! dit Eva à Valérie. Il faudra que tu me montres comment tu les as faits. Enfin, sauf si ça te dérange de me donner l'astuce.

— Non, pas du tout. Ce sera avec plaisir, lui répond Valérie.

— De toute façon, ma fille n'aura jamais l'occasion de les utiliser pour elle, rétorque Aliénor.

Le ton dédaigneux sur lequel la mère de Valérie vient de lancer cette vanne sur sa fille me sidère. Et en voyant Valérie baisser les yeux tristement, cela me fait encore plus de peine. J'attrape alors un cœur fixé sur le gâteau et pointe ce symbole de l'amour vers Aliénor.

— Une chose est sûre, vous n'êtes pas la source d'inspiration de Valérie !

Ça, c'est fait. Et même si je vois tous les regards braqués sur moi, j'ai cloué le bec à Aliénor et j'en suis heureux. Comment veut-elle que sa fille prenne confiance en elle en lui balançant ce genre d'ineptie ? Encore une petite vieille frustrée, tout simplement !

Il est temps pour nous de clore notre tour de table par le *wedding cake* réalisé par Eva et Vincent. Et je ne peux une nouvelle fois qu'admirer la belle performance artistique de la part d'Eva. Réalisé entièrement en pâte à sucre beige clair avec un aspect matelassé, le gâteau est décoré dans des tons fuchsia, d'une farandole de papillons aux grandes ailes déployées descendant et tourbillonnant tout autour du dessert, de petites perles discrètes au creux de chaque étage et de quelques fleurs au sommet, déposées en forme de cœur.

L'assistance a l'air d'apprécier autant que moi le résultat, surtout Adam qui se met à sourire bêtement. Qu'a-t-il donc encore derrière la tête, celui-là ? Je ne vais pas tarder à le savoir puisqu'il s'apprête à ouvrir la bouche.

— Eva, tu pourrais nous dire ce que représentent les initiales entrelacées à l'arrière du gâteau, tout en bas ?

— Quelles initiales ? Je n'ai pas mis d'initiales, lui répond Eva, surprise par cette question.

— Ces deux « E » entrelacés là, lui pointe du doigt Adam.

Elle se penche pour regarder derrière le gâteau et se redresse, rouge comme un homard, fusillant Vincent du regard.

— Ah oui, ces initiales-là… Euh… en fait… c'est Vincent qui a voulu dédier notre gâteau à quelqu'un qu'il apprécie tout particulièrement, hein Vincent ?

Vincent semble lui aussi assez surpris de la réponse d'Eva mais enchaîne :

— Oui, tout à fait. C'était pour rendre hommage à… mon écrivain préféré, Ernest Hemingway.

— Mais il y a un « H » au début de Hemingway, le reprend Adam, presque vexé qu'on ait pu faire une faute à un auteur tel que lui.

— Ah, tu es sûr, Adam ? ose Vincent du bout des lèvres.

— Tout à fait certain, je suis libraire alors ce serait un comble pour moi si je ne savais pas écrire ce nom !

— Zut alors, j'ai fait une faute, dit-il en se tournant vers Eva qui est toujours aussi rouge.

— Il ne faut pas lui en vouloir, ça n'a jamais été son fort, l'orthographe, dit-elle, en lui tapotant le bras.

C'est bizarre, j'ai l'impression qu'Eva n'était pas au courant de ce détail laissé par Vincent sur le gâteau et que ça l'a contrariée. Pourtant, il aurait pu lui dire, il n'y a pas de honte à vouloir dédicacer son travail à quelqu'un qu'on admire. Cela dit, ce n'est quand même pas terrible de se tromper de lettre.

Quelques minutes plus tard, après avoir chaudement remercié les invités de mes élèves pour leur participation, y compris Aliénor et Liliane, que j'espère ne jamais revoir à mes cours, les élèves quittent le laboratoire, non sans avoir emporté une part de leur gâteau. Adam et moi terminons alors de ranger tandis que mon frère en profite pour me livrer ses derniers commentaires sur Eva.

— Tu vois, je te l'avais bien dit qu'Eva en pinçait pour toi.

— Oui, mais je ne vois pas ce qui te rend sûr de toi maintenant. Tu lui as posé la question peut-être ? lui dis-je d'un ton ironique.

— Mais non ! Mais tu as bien vu le coup que Vincent a fait sur leur *wedding cake* ?

— Je ne vois pas trop le rapport entre Ernest Hemingway et nous.

— Allô ? La Terre appelle la Lune ! Je suis sûr que Vincent est venu en sous-marin dans ce cours, comme moi, pour observer. Et je te parie qu'il l'a fait exprès pour voir ta réaction.

— Se tromper en mettant un « E » à la place d'un « H » ? Je ne vois pas l'intérêt !

— T'es idiot ou tu le fais exprès ? Il avait mis deux « E » bon sang ! Comme Elliott et Eva ou Eva et Elliott, c'est pareil. Tu comprends mieux, là ?

— Mais non, tu fabules, Adam ! Ça aurait été trop gros !

— Justement ! Tu as vu la tête d'Eva ? Elle était rouge de confusion et ne savait plus où se mettre. Je suis presque certain qu'elle n'en savait rien et qu'elle a cherché à rattraper la blague de Vincent. Qui n'était pas mal, je dois dire, je suis même un peu jaloux de ne pas y avoir pensé moi-même. Enfin bref, je mettrais ma main à couper que s'il a fait ça, c'est qu'il est au courant des sentiments d'Eva et qu'il cherche à savoir les tiens, en te provoquant.

— Eh bien, c'est loupé, parce que j'y ai vraiment cru à cette histoire d'Hemingway, moi !

— Je vois ça ! De toute façon, c'est peut-être aussi bien. Eva était vraiment gênée par la blague de son copain.

— Oui, c'est vrai que j'ai remarqué ça. Mais je n'ai pas compris pourquoi sur le moment. En même temps, si ce que tu dis est vrai, c'est vraiment une blague qui ne casse pas trois pattes à un canard ! On n'est plus à la maternelle, à notre âge, les gens savent se parler.

— Et c'est toi qui dis ça ? Si personne ne vous aide à vous ouvrir les yeux à toi et Eva, dans cinquante ans, vous en serez toujours au même point ! Je vous ai bien observés tous les deux pendant ces trois heures de cours. Vous avez des yeux de merlan frit quand vous vous parlez, vous n'arrêtez pas de vous taquiner. Personne ne dira le contraire, c'est flagrant comme le nez au milieu de la figure ! Mais il ne lui reste que trois cours avec toi, après tu ne la verras plus. Ce serait quand même dommage d'en rester là, non ?

À ce moment-là, je ne sais pas quoi répondre à Adam. Je n'avais pas encore pensé au fait que je n'allais bientôt plus la voir. Même si je n'ai pas encore réellement envisagé autre chose qu'une amitié avec Eva, le simple fait de penser que je ne pourrai bientôt plus rire avec elle pendant les cours, boire un verre en sa compagnie et regarder son visage illuminé de sa joie de vivre me fait soudainement beaucoup de peine. Elle ne m'est pas indifférente, mais serais-je encore plus attaché à elle que je ne veux bien l'admettre ?

Quand nous quittons le laboratoire avec Adam, j'ai la tête complètement ailleurs. Je n'arrête pas de penser à cette discussion et à Eva, mais je sens naître malgré moi un lourd sentiment de culpabilité vis-à-vis de Claire. Comment vais-je réussir à défaire ce sac de nœuds dans ma tête ? Pour l'instant, j'ai l'impression qu'il est indémêlable.

Chapitre 11

Samedi 31 mai 2014 – Eva

Zut, zut et zut, je vais encore être en retard. Elliott m'a donné rendez-vous porte de Versailles à neuf heures trente, il est neuf heures quarante-cinq et il me reste encore cinq kilomètres à parcourir dans ces satanés bouchons. J'aurais eu plus vite fait de prendre le RER et le métro mais dans ma voiture, je n'ai pas l'air idiote à me contorsionner comme un asticot afin d'éviter de toucher ces foutues barres métalliques que tout le monde agrippe avec ses mains sales.

Quelle idée aussi de me faire lever aux aurores un samedi matin, jour de week-end ! Même avec la meilleure volonté du monde, je n'ai pas réussi à émerger de mon lit avant huit heures trente, en sachant pertinemment qu'à cette heure, j'aurais déjà dû être sur le périphérique. Donc forcément…

Mais cela n'empêche pas que je suis excitée comme une puce à l'idée d'aller au salon mondial de la pâtisserie et du chocolat avec Elliott. Quand il m'a proposé cette sortie hier soir pendant le cours, j'étais aux anges. Aller découvrir les nouvelles tendances des desserts, observer les meilleurs chocolatiers du monde pendant un concours international de pièces en chocolat et rencontrer des Meilleurs Ouvriers de France, que demander de plus ? Être accompagnée d'Elliott et tout sera parfait.

Alors que je sors enfin de ce maudit périphérique, mon téléphone portable se met à vibrer. Je profite d'arriver à un feu rouge pour lire le message de Vincent que je viens de recevoir : « *Alors ? Ça y est ? Tu as rejoint le futur homme de ta vie ?* »

Je n'aurais jamais dû dire à Vincent hier soir que j'allais voir ce salon avec Elliott. Mais j'étais trop heureuse pour ne pas en avertir mon meilleur ami. Et ce, malgré la mauvaise blague qu'il m'a faite la semaine dernière pendant le cours sur les *wedding cakes*.

Quand nous sommes sortis de cette séance, j'aurais volontiers étripé Vincent pour le donner à manger aux chats errants du quartier. Je fulminais intérieurement à cause de ses quiproquos volontaires et de sa blague complètement nulle que nous avons eu du mal à rattraper. Tandis que nous marchions jusqu'au

RER, Vincent a bien remarqué que j'étais en colère et a fini par s'excuser.

— Je suis désolé. Tu ne vas pas bouder comme ça toute la soirée. J'ai acheté des sushis exprès pour toi ce matin, je ne vais pas manger les six boîtes tout seul !

— C'est tout ce que tu mériterais ! Tu m'avais dit que tu te tiendrais à carreau mais il a fallu que tu mettes ton grain de sel, si on peut encore appeler ça, un grain !

— OK, excuse-moi, ma poulette, je voulais seulement t'aider.

— M'aider ? En me mettant mal à l'aise ? J'ai connu mieux comme soutien !

— Avoue que c'était drôle quand tout le monde a cru que j'étais ton amant.

— Je n'avais même pas compris ce que tu manigançais à ce moment-là ! Je comprends mieux pourquoi tu n'arrêtais pas de me caresser les bras et les mains alors que tu n'es pas tactile pour un sou avec moi d'habitude !

— Je devais être précis dans le choix de mes paroles, sinon tu aurais tout fait capoter dès le début en braillant que je racontais n'importe quoi. Là, j'ai semé le doute chez certaines personnes et j'ai pu observer la réaction d'Elliott. Et le moins que l'on puisse dire, c'est que ton pâtissier n'est pas le roi de la jugeote, il y a cru à fond !

— Ah bon ?

— Mais carrément ! Il s'est mis à étrangler le torchon qu'il avait dans les mains ! Le pauvre, il ne lui a laissé aucune chance d'ailleurs. Il n'arrêtait pas de chuchoter avec Adam d'un air très énervé. Il était hyper-jaloux, ton Elliott ! Si ça, ça ne prouve pas qu'il tient à toi…

J'étais tellement concentrée dans mon *wedding cake* que je n'avais rien remarqué de tout cela. Et même si j'en voulais à Vincent, je devais bien avouer que la réaction d'Elliott me faisait plaisir. Cela dit, Vincent n'était pas obligé d'en remettre une couche par la suite.

— Puisque tu avais eu ce que tu voulais, pourquoi as-tu eu cette idée crétine et prépubère d'inscription sur le gâteau ? J'ai cru que j'allais t'étrangler en public !

— Ça m'amusait ! Et j'ai bien vu le petit sourire d'Adam quand il a aperçu les lettres. Laisse-moi te dire une chose, il a tout de suite compris où je voulais en venir. Au passage, j'ai l'impression qu'il voulait faire la fouine, tout comme moi, ce soir. Il faut dire qu'il est tellement discret quand il observe les gens et écoute leur conversation. Et toi qui pars dans une explication complètement farfelue ! Et avec le regard de tueuse que tu me lançais, il a bien fallu que je te suive dans ton idée, sinon je ne serais pas rentré vivant ce soir ! C'est malin, à cause de toi, ils me prennent tous pour un analphabète maintenant.

— Mon pauvre chéri !

— C'est ça, moque-toi. En attendant, j'avais raison. Elliott t'apprécie plus que tu ne le penses. Et si tu ne réagis pas, tu vas peut-être laisser filer l'homme de ta vie, ma cocotte.

C'est en repensant à cette conversation que j'arrive enfin au parking aérien qui longe le hall dans lequel se déroule le salon jusqu'à ce soir. J'ai une demi-heure de retard et décide de ne pas répondre au message de Vincent tout de suite. Monsieur s'est mis en tête que c'était l'occasion rêvée aujourd'hui pour que je prenne mon destin en main et qu'il se passe enfin quelque chose entre Elliott et moi. J'ai eu beau lui expliquer que j'y allais avant tout pour rencontrer des grands noms de la pâtisserie, essayer de me faire quelques contacts parmi les exposants pour mon avenir professionnel et découvrir les tendances de cette année, j'ai eu l'impression de parler à un mur. Et je le connais, il ne va pas me lâcher de la journée avec ses messages.

Quand j'arrive devant l'entrée du salon, je mets quelques instants à repérer Elliott parmi la foule de plus en plus dense aux portillons. Lorsque je l'aperçois enfin, vêtu d'un pantalon beige ajusté et d'un tee-shirt cintré noir, je me dis que décidément, les vestes larges et pantalons pied-de-poule de pâtissier ne mettent pas du tout en valeur ce qui se trouve en dessous...

À peine arrivée auprès de lui, je m'excuse pour l'heure tardive, prétextant deux accidents sur le périphérique. Malgré son habitude de ronchonner pour les retards, il ne semble pas s'en formaliser aujourd'hui et nous décidons de commencer notre périple à l'intérieur du hall. Aussitôt rentrés, nous percevons des effluves de biscuits et de chocolat qui nous mettent tout de suite l'eau à la bouche. Nous nous dirigeons vers un exposant qui semble être un chocolatier très réputé de Belgique. Celui-ci nous fait immédiatement déguster quelques chocolats et les trouvant excellents, nous en achetons tous les deux un ballotin pour nos amis respectifs.

— Si on commence comme ça, on va se ruiner et prendre dix kilos aujourd'hui ! me dit Elliott.

— Je suis d'accord, mais en même temps, on aurait tort de ne pas en profiter, tu ne crois pas ?

— C'est sûr ! De toute manière, je ne vais qu'aux stands où je peux déguster. Je suis un vrai profiteur dans les salons.

— Il faut croire qu'on a un deuxième point

commun, en plus de notre foutu caractère, lui dis-je en attrapant un chou fourré avec une mousseline au praliné au stand suivant.

Elliott acquiesce en souriant et m'entraîne vers le premier atelier que j'avais repéré sur la plaquette du salon, le concours de pièces en chocolat.

Tout en restant derrière la barrière de sécurité, nous longeons les boxes des différents concurrents venus du monde entier qui sont en plein travail de création. Du Japon à l'Argentine en passant par l'Italie, tous sont venus fabriquer une pièce en chocolat sur le thème du cinéma romantique, qui doit comporter un entremets, une tarte, plusieurs sortes de bonbons en chocolat et utiliser du sucre tiré. La note du jury portera sur la beauté artistique de la pièce, la dégustation et la difficulté technique de celle-ci.

Alors qu'Elliott a déjà tourné les talons pour continuer notre visite, je reste en totale admiration devant ces candidats qui se démènent pour obtenir la première place du concours, place qui leur apportera à coup sûr une renommée dans leur métier. Je n'obtiendrai peut-être jamais leur niveau, mais les voir œuvrer avec un tel acharnement me donne du courage et l'envie de persévérer en pâtisserie.

Complètement absorbée par le concours, mon téléphone me fait sursauter lorsqu'il m'annonce un nouveau message : « Alors ? *Vous en êtes où tous les deux ? Réponds-moi stp !* »

Bon, je crois que je vais renvoyer un message à Vincent, sinon il ne va pas me ficher la paix : « *Au concours de pièces en chocolat. Trop intéressant !* »

Bien sûr, ma réponse ne lui convient pas et mon téléphone vibre à nouveau : « *Ne cherche pas à noyer le poisson Eva !* »

Je dois admettre que j'aime beaucoup faire tourner Vincent en bourrique. Et il est tellement têtu avec cette histoire que je peux bien l'embêter un peu. Je ne sais pas du tout comment va évoluer cette journée avec Elliott et préfère ne pas me poser de questions. Je profite à cent pour cent du salon et de tout ce qui m'entoure dans cet endroit. Pour le reste, il adviendra ce qu'il adviendra.

Elliott finit par me tirer par le bras, pressé d'aller déguster des macarons au stand d'un grand pâtissier de Paris. Après en avoir goûté et acheté quelques-uns, nous reprenons notre marche lente parmi les exposants, discutant ici et là avec de grands chefs, des connaissances d'Elliott pour la plupart, et découvrant les nouvelles pâtisseries qui se font dans le monde, tout en nous remplissant l'estomac de délicieux gâteaux, chocolats et autres friandises.

Tandis que nous quittons un stand sur lequel Elliott achète de nouveaux moules en silicone pour ses cours, un homme d'une bonne trentaine d'années l'attrape par la manche, le forçant à se retourner. Elliott se met à sourire en découvrant le visage joyeux en face de lui et lui tape sur l'épaule.

— Fred ! Comment ça va, vieux frère ?

— Bien, et toi ?

— Ça va bien, qu'est-ce que tu fais ici avec ton col bleu blanc rouge de cuisinier ?

— Moi ? Oh, je suis juste venu présenter au public une démonstration d'un dessert de ma carte qui fonctionne plutôt bien. Je t'ai vu passer au loin alors je t'ai couru après. Mais présente-moi plutôt cette ravissante personne qui t'accompagne. C'est ta femme, je présume ?

— Euh... non, pas du tout, répond Elliott, gêné. Je te présente Eva, une amie. Eva, je te présente Fred, un copain et collègue de l'époque où je travaillais à l'Hostellerie du Parc dans le Calvados.

— Enchantée, dis-je à Fred, un peu intimidée devant un Meilleur Ouvrier de France.

— Tout le plaisir est pour moi, et désolé pour la boulette, mon vieux.

— Ça ne fait rien. Je suis content de te voir ! Ça fait un bail depuis l'Hostellerie du Parc. Ça fait quoi ? Neuf ans qu'on ne s'est pas vus ? J'ai vu tes exploits dans la presse au concours de Meilleur Ouvrier de France Cuisinier l'année dernière. Franchement, je te tire mon chapeau !

— Merci, c'était très intense la préparation. Deux ans de vie qui sont un peu passés à la trappe mais ça en valait la peine ! Grâce à ce concours, je suis devenu chef d'un palace cinq étoiles sur la côte méditerranéenne. Je rentre en avion ce soir après la fin du salon. Et toi ? Que deviens-tu ? Depuis le temps que tu en parlais, tu as ouvert ton restaurant ?

Aïe, la question qui fâche. À voir la tête d'Elliott se décomposer, je crois qu'il aurait préféré ne pas aborder le sujet.

— Oui, pendant quelques années… mais j'ai décidé de changer et de me reconvertir dans le professorat.

— Toi, Elliott Lessage, pas diplomate pour un sou, professeur ? C'est une blague ?

La remarque de Fred, bien qu'elle semble irriter Elliott, a le mérite de me faire sourire.

— Non, je t'assure, j'enseigne la pâtisserie. Et Eva est une de mes élèves.

— Mince alors ! Je n'aurais jamais imaginé que tu deviendrais prof ! Toi qui rêvais tant d'avoir ton propre restaurant, j'étais persuadé que tu continuerais dans cette voie. Qu'est-ce qui s'est passé pour que tu arrêtes ?

— On va dire que les aléas de la vie ont fait que je n'ai pas pu garder mon restaurant, lui dit Elliott d'une voix empreinte de mélancolie. Mais je suis content d'enseigner maintenant, je rencontre des gens formidables en donnant mes cours de pâtisserie.

— Je n'en doute pas un seul instant, lui répond Fred en me dévisageant du regard. Et c'est un bon professeur avec vous ?

— Euh… oui, le meilleur !

— Et Eva est de loin la meilleure élève que j'ai eue en cours, renchérit Elliott.

— Ah oui ? Et pourquoi avez-vous décidé de suivre des cours chez Lessage ?

— À la base, c'est un cadeau d'un ami. Je ne travaille pas du tout dans la pâtisserie mais grâce à Elliott, je me suis rendu compte que je devais me réorienter pour faire ce qui me plaît vraiment. Je vais démissionner pour pouvoir ouvrir mon salon de thé. Une fois les dix cours terminés, je me débrouillerai pour pouvoir passer mon CAP en candidat libre.

— Si vous voulez vous perfectionner avant l'examen, je peux vous donner des cours moi aussi. Ce serait avec plaisir.

Je rêve ou son copain Fred est en train de me draguer ? En tout cas, cela n'a pas l'air de plaire à Elliott qui lui répond du tac au tac :

— Non, non, ne t'inquiète pas, elle sait qu'elle peut compter sur moi pour se préparer à l'examen.

— Oh, je disais ça comme ça. Si ce n'est pas pour prendre des cours, je serais ravi de vous revoir pour un dîner en tête-à-tête.

Alors là, c'est carrément du rentre-dedans ! Ça ne m'est encore jamais arrivé et il faut que ce soit devant Elliott ! La poisse ! Mais je n'ai pas le temps de réfléchir à ma réponse qu'Elliott lui lance :

— Dis donc, tu es toujours aussi direct avec les femmes à ce que je vois ! En même temps, je ne pense pas qu'Eva soit prête à faire mille bornes pour venir dîner avec toi, je crois que tu as oublié que tu n'habitais pas sur Paris.

C'est Vincent qui avait raison, Elliott est en train de faire le jaloux ! Il est quand même culotté de répondre à chaque fois à ma place ! Mais son copain ne se laisse pas démonter pour autant.

— Tu pourrais peut-être laisser la demoiselle s'exprimer, non ?

Je sens alors les deux regards braqués sur moi et décide de donner une réponse sans équivoque possible à Fred chez qui je sens un potentiel assez développé de « gros lourdaud ».

— Oui, cela aurait pu être fort sympathique, mais je dois décliner l'invitation. Je suis déjà intéressée par un autre homme.

— Alors là, effectivement, je dois m'incliner. Bon, je vais vous laisser continuer votre visite, il faut que je retourne voir les organisateurs du salon. En tout cas, Elliott, si tu descends dans le Sud un de ces quatre, passe me voir, ça me fera plaisir.

— OK vieux, c'est noté.

Alors que Fred s'éloigne, nous reprenons notre visite dans le dernier coin du salon où nous ne sommes pas encore allés. Mais j'ai beau faire comme si de rien n'était, je n'arrête pas de penser à la réaction d'Elliott face aux avances de son copain. Cela ressemblait bien à de la jalousie, je ne suis pas folle ? Et si Elliott est jaloux et qu'il veut me garder pour lui, c'est bien qu'il tient à moi. Alors pourquoi reste-t-on plantés là l'un à côté de l'autre comme les meilleurs amis du monde alors qu'on veut tous les deux la même chose ? Pourquoi n'y en a-t-il pas un de nous deux qui fait le premier pas, nom d'un chien ?

Tandis que le salon touche à sa fin et que nous sortons du hall, Elliott décide de me raccompagner jusqu'à ma voiture avant de prendre le métro, histoire de débriefer sur cette journée captivante. Certes, elle nous a fait prendre deux kilos chacun mais nous avons quand même réussi à discuter avec des gens très intéressants. J'en profite alors pour essayer d'amener Elliott sur le sujet qui me brûle les lèvres en le titillant un peu plus sur son côté jaloux.

— Tu sais, je repense à ton copain Fred. Il a l'air vraiment sympa quand même.

— Oui, c'est sûr. C'est avec lui que je m'entendais le mieux quand j'étais à l'Hostellerie du Parc. On ne passait pas un service sans partir en fou rire avec lui.

— Et il est vraiment charmant. Finalement, j'aurais peut-être dû accepter son invitation.

— Non, je t'assure, Eva. Fred est un mec bien mais je ne peux pas en dire autant sur son comportement avec les femmes. Tu mérites mieux que lui, c'est certain. Et puis je croyais que tu étais déjà intéressée par quelqu'un, de toute façon ?

— Oui, mais je crois que cette histoire ne verra jamais le jour, alors pourquoi s'obstiner ? Et puis cela me ferait du bien d'aller passer un week-end dans le Sud, ça me détendrait.

— Tu peux aller te détendre plus près, la côte normande, c'est très bien aussi pour changer d'air.

Il est gonflé quand même, quelle mauvaise foi ! Cette fois-ci, je n'ai plus le choix, je dois me jeter à l'eau, le jeu du chat et de la souris ne peut pas durer éternellement.

— Oh, mais tu m'énerves, Elliott ! Pourquoi tu ne veux pas simplement reconnaître que tu es jaloux ?

— Mais non, pas du tout ! Non, je ne suis pas du tout jaloux. C'est juste que…

— Que quoi, à la fin ? Cela fait des semaines que l'on se voit et qu'on passe des moments magiques ensemble. C'est toi qui m'intéresses et tu le sais très bien au fond de toi. Le vendredi soir quand je rentre du cours, je n'arrête pas de penser à toi. Je surveille mon téléphone comme une psychopathe en espérant juste que tu m'appelles pour me proposer une sortie pendant le week-end. Je ne sais pas si ce que je ressens pour toi est réciproque mais j'en ai assez de cette situation entre nous. Et je ne te crois pas quand tu me dis que tu n'es pas du tout jaloux.

— OK, je dois admettre que ça m'a énervé que Fred soit entreprenant comme ça avec toi. Je t'apprécie beaucoup plus que je ne l'aurais imaginé, Eva. Je ne m'attendais pas à avoir à nouveau de tels sentiments pour une femme et je suis complètement perdu, c'est compliqué dans ma tête.

— Et moi ? Tu crois que c'est facile pour moi d'avoir cette conversation avec toi ? Je me sens si bien à tes côtés mais j'ai tellement peur de ne plus te voir une fois les cours terminés.

À ce moment-là, je ne sais absolument pas où cette discussion va nous mener. Je sens ma gorge se nouer, mes mains se mettre à trembler nerveusement et les larmes me monter aux yeux. J'essaie de les retenir pour ne pas rajouter de ridicule à la situation et préfère baisser la tête pour éviter le regard d'Elliott. Mais ses doigts attrapent ma taille et me tirent à lui comme un aimant. Je n'ose pas relever la tête, je ne sais si c'est par crainte ou timidité. Il soulève mon menton entre son pouce et son index mais je n'ouvre toujours pas les yeux. Alors Elliott m'embrasse, et je m'abandonne à ce baiser tant désiré, en espérant que cet instant puisse durer une éternité.

Mais alors que je profite de ce moment, Elliott change brusquement de comportement et me repousse avec les bras.

— Qu'est-ce qui se passe ? lui dis-je, interloquée par ce revirement de situation.

— Je suis désolé… c'est trop dur. Je ne peux pas faire ça à Claire. J'ai l'impression de la trahir et de l'abandonner. Je ne peux pas.

Ses paroles, même si elles me font mal, résonnent au fond de moi comme si je m'attendais à les entendre. Une fois de plus, je me suis fourvoyée.

— C'est moi qui suis désolée, Elliott, je n'aurais pas dû te parler de tout cela. Je pensais que tu pourrais croire en nous comme tu crois en moi pour la pâtisserie, mais je me suis trompée.

— Non Eva, ce n'est pas ça. C'est juste trop tôt pour l'instant, je ne suis pas prêt.

— C'est facile de dire ça ! À t'entendre, il faudrait

que je sois prête à changer complètement de vie professionnelle sans savoir ce qui m'attend derrière, mais monsieur n'est pas prêt à prendre ce genre de risque pour sa vie privée. Claire est morte et elle ne reviendra pas ! Combien de temps te faudra-t-il encore pour faire ton deuil ?

— Je n'en sais rien, nom d'une pipe ! Ça ne se commande pas ces choses-là ! Et en ce qui concerne ta vie professionnelle, ça n'a rien à voir avec moi, tu es prête et tu as la capacité d'y arriver, tu dois le faire pour t'épanouir dans la vie.

— Alors là, c'est l'hôpital qui se moque de la charité ! Moi, je devrais avoir la volonté de changer alors que toi, tu n'as pas le courage de rouvrir ton restaurant qui te tient tant à cœur ? Tu préfères te complaire à jouer au professeur et ne pas affronter tes démons du passé par lâcheté alors que ton restaurant, c'est ton rêve. Même Fred te l'a rappelé !

— Mais tu ne peux pas comparer nos vies, Eva ! Moi, je n'ai jamais demandé à me retrouver dans cette situation ! Si Dieu n'avait pas décidé de me reprendre Claire, je n'en serais sûrement pas là aujourd'hui.

— Tu sais, il y a une citation de Denis Waitley qui dit : « Il y a deux choix fondamentaux dans la vie : accepter les choses telles qu'elles sont ou accepter la responsabilité de les changer. » Il serait peut-être temps pour toi d'accepter cette responsabilité, tu ne crois pas ?

— Dis donc, cette fois, c'est toi qui es gonflée de me sortir ça ! Puisque madame joue les littéraires, elle aurait pu se l'appliquer depuis belle lurette, cette citation ! On n'a qu'une vie, Eva, alors même si je ne peux pas faire partie de la tienne comme tu le souhaiterais, il faut que tu gardes confiance en toi et que tu réalises ton rêve d'ouvrir un salon de thé. Surtout avec le talent que tu as, tu ne dois pas passer à côté.

— Justement oui, on n'a qu'une vie, et ce n'est pas en vivant dans le passé avec un petit fantôme qu'on avance.

Immédiatement, je regrette d'avoir prononcé cette phrase qui affecte sensiblement Elliott. Après avoir hoché la tête, il me regarde dans les yeux une dernière fois puis s'éloigne lentement, sans qu'aucun mot supplémentaire ne puisse sortir de ma bouche. Même si cela me fait encore plus souffrir de savoir maintenant qu'Elliott ne veut pas être avec moi, je n'avais pas le droit de parler de Claire de la sorte. J'ai presque déshonoré sa mémoire devant l'homme qui l'a tant aimée et continue de l'aimer à travers la mort. Je n'aurais pas dû m'énerver mais être patiente en lui laissant plus de temps. Mais combien de temps ? En tout cas, ma colère et ma tristesse m'ont encore menée là où je ne voulais surtout pas arriver. Et je crois que je ne reverrai jamais Elliott.

Alors que je me perds dans des pensées plus sombres les unes que les autres, mon portable se met à vibrer. Tellement absorbée par ma journée, je n'ai pas répondu à Vincent de toute l'après-midi : *« Alors ? Comme on dit, pas de nouvelles, bonnes nouvelles ! »*

Je crois que c'est la goutte d'eau qui fait déborder le vase. Les larmes se mettent à ruisseler sur mes joues et les sanglots se succèdent sans que je puisse les arrêter. Cette fois-ci, je décide de renvoyer un message à Vincent qui ne laissera pas de place à la discussion : *« Tu t'es trompé. Elliott ne veut pas être avec moi. Et on ne se reverra plus. »*

Chapitre 12

Samedi 7 juin 2014 – Elliott

Bien que l'été ne soit pas loin, le soleil ne daigne pas montrer le bout de son nez depuis une semaine et ce matin, je suis aussi morose que le temps que j'aperçois derrière mes fenêtres. Pas encore habillé, cela doit faire deux heures que je suis amorphe devant la télévision, sans vraiment suivre ce qui défile devant mes yeux.

Eva n'est pas venue au cours d'hier soir. Elle ne m'a pas prévenu de son absence, ni appelé ensuite. Après ce qui s'est passé, je crois qu'elle ne reviendra pas non plus à son dernier cours prévu vendredi prochain. J'aimerais tellement l'appeler. Mais pour lui dire quoi ? Restons amis et allons boire un verre ? Non, c'est impossible maintenant. Eva attend plus qu'une amitié et je ne peux pas lui apporter ce qu'elle veut. Je n'aurais pas dû l'embrasser mais je me mentirais à moi-même si je disais que je n'en avais pas eu envie. Ce baiser était si tendre et si agréable, jusqu'à ce que le visage de Claire fasse irruption dans mon esprit. Je ne veux pas prendre le risque de sortir avec Eva en pensant toujours à ma femme, ce qui finirait tôt ou tard par faire encore plus de mal à Eva que de ne plus se voir. Je ne peux pas lui en vouloir de s'être énervée contre moi, je crois que j'aurais réagi de manière identique à sa place. Et c'est d'ailleurs pourquoi j'ai préféré m'en aller pour ne pas envenimer une discussion qui serait restée stérile.

Tandis que je rumine toute cette histoire dans ma tête, j'entends la sonnerie de mon téléphone fixe résonner dans le couloir. Laissez-moi tranquille, à moins que vous ne cherchiez à vous faire engueuler, ai-je envie de crier à travers tout l'appartement. Décidé à ne pas répondre, j'attrape la télécommande de la télévision et commence à zapper. Mais on dirait que l'abruti à l'autre bout de la ligne n'en est pas à me ficher la paix. Quatre tentatives plus tard, je me rue sur le téléphone pour faire taire cette foutue sonnerie et décroche le combiné très énervé.

— Allô ?

— Allô frangin, c'est Adam ! Dis donc, tu t'es levé du mauvais pied, on dirait !

— Un peu oui, qu'est-ce que tu veux ?

— J'ai besoin de toi, je suis à la maternité et Julia va bientôt accoucher.

— Non, c'est pas vrai ?

— Bah si, tu sais, c'est en général ce qui se passe au bout des neuf mois.

— T'es bête ! Je voulais dire, Julia va accoucher aujourd'hui ?

— Oui, on attend dans une chambre pour le moment. Il faut que son col soit plus dilaté avant d'aller en salle de travail. Nous étions sortis faire quelques achats de dernière minute pour la chambre du bébé et elle a perdu les eaux dans un magasin, la classe ! Enfin bref, nous n'avons pas eu le temps de repasser à la maison pour récupérer son sac qu'elle a préparé pour la maternité et je voulais savoir si tu pouvais y passer avant de venir nous rejoindre ?

— Bien sûr, aucun souci. De toute façon, je n'ai rien de prévu. Ça va, tu n'es pas trop stressé ?

— Oh que si ! J'espère que le bébé ne mettra pas dix ans à arriver, sinon je n'aurai plus de doigts à force de manger mes ongles.

— Détends-toi, frérot, tout va bien se passer, ne t'inquiète pas. Je file chez vous récupérer le sac de Julia et j'arrive.

— J'abuse un peu, mais tu pourras donner à

manger à Lucky au passage ? Je ne sais pas jusqu'à quelle heure je serai ici et le pauvre risque d'avoir faim.

— OK, je m'en occupe aussi, même si jeûner ne ferait pas de mal à ce gros tas de poils ambulant.

— T'exagères, il est aussi svelte que moi.

— Oui, c'est bien ce que je dis ! Bon, je te laisse, je dois déjà commencer par m'habiller. À tout à l'heure, et fais un bisou à Julia.

— OK, et merci pour tout, tu es vraiment un frère en or.

À peine le téléphone raccroché, je me dépêche d'aller enfiler un jean et un tee-shirt dans ma chambre. Cette bonne nouvelle est tout ce dont j'avais besoin pour me remonter le moral aujourd'hui. Je vais bientôt être tonton ! J'attrape ma veste, mes clés de voiture et le double de leurs clés de maison que Julia m'a confié pour aller nourrir Lucky pendant leurs vacances, et me voilà parti pour une journée riche en émotions.

En arrivant devant le portillon de leur jardin, je me rends compte que j'ai omis un détail de taille. La pluie. Cette pluie qui tombe à grosses gouttes et sans discontinuer depuis ce matin. Celle qui ne fait pas bon ménage avec Lucky, resté dehors en attendant ses maîtres. Le saint-bernard me regarde avec ses yeux de chien battu, ses longs poils trempés et ses pattes dégoulinantes de boue, prêt à se jeter sur moi pour me saluer dès que j'aurai actionné la poignée du portillon.

Que faire ? Il doit bien me rester un paquet de chewing-gums dans la voiture, peut-être que si je lui lance assez loin, j'aurai le temps d'atteindre la maison avant qu'il ne me saute dessus. Décidé à tenter le coup, je récupère le paquet dans la Clio puis le fait sentir à travers la porte à Lucky, qui semble intéressé même si c'est loin de sentir le porc grillé. Alors de toutes mes forces, je lance les chewing-gums en direction opposée à la maison, attends que Lucky se mette à courir vers l'objet en question, ouvre le portillon et cours vers la porte d'entrée, le trousseau de clés en main. J'enfile la clé dans la serrure mais celle-ci ne semble pas vouloir s'ouvrir. Mince, je me suis trompé de clé, c'est celle de leur garage ! Hélas pour moi, Lucky profite de ces quelques secondes perdues pour accourir vers la maison. C'est au moins une usine entière de chewing-gums qu'il aurait fallu lancer à un gabarit pareil ! C'en est fini de moi. Je n'ai pas le temps d'insérer la bonne clé que je sens deux énormes pattes atterrir dans mon dos, me poussant la tête la première dans la vitre de la porte d'entrée. Je me retourne pour essayer de stopper le massacre sur mes vêtements mais Lucky tient absolument à me montrer à quel point il est content de me voir en me sautant après et en me léchant les joues.

Deux minutes plus tard, une fois le saint-bernard calmé et mes habits transformés en masque de boue, je peux enfin pénétrer dans la maison. Je monte alors au premier étage récupérer le sac de Julia, redescends en bas nourrir le chien qui semble ne pas avoir mangé depuis une décennie et décide de le laisser à l'intérieur, loin de cette pluie si détestée de la race canine. J'en profite aussi pour laisser ma veste, qu'Adam se fera un plaisir d'emmener au pressing !

Une demi-heure plus tard, j'arrive enfin à la maternité et demande la chambre de Julia Lessage. Je monte les escaliers quatre à quatre jusqu'au troisième étage, et tombe nez à nez avec Adam dans le couloir.

— Salut. Alors ? Où en est Julia ?

— J'allais chercher la sage-femme. Je crois que ça ne va pas tarder. Mais tu es venu en tee-shirt par le temps qu'il fait ? Tu n'as pas peur d'attraper la crève, toi !

— Non, j'avais une veste mais elle est restée chez toi avec les trois tonnes de boue qu'il y a dessus. Il faudra que tu apprennes à Lucky à s'essuyer les pattes avant de dire bonjour !

— Oh merde, le chien ! C'est vrai que tu en as

aussi sur le pantalon, je n'avais pas remarqué au début. Il ne t'a pas loupé, le pépère, on dirait!

— On dirait, oui…

— Bon, je vais chercher quelqu'un sinon Julia va me tuer, elle est exécrable depuis tout à l'heure, je crois que ses contractions lui font un peu mal. Reste dans le couloir, sinon tu vas en prendre pour ton grade aussi.

Quelques instants plus tard, la sage-femme annonce qu'il est temps d'emmener Julia en salle de travail. Je lui souhaite bon courage lorsqu'elle sort de la chambre avec Adam à ses côtés, qui me souffle à l'oreille:

— Elliott, je vais être papa, tu te rends compte?

Tandis que je les vois s'éloigner en direction de la salle d'accouchement, les mots d'Adam résonnent dans ma tête. J'aurais aimé vivre ces instants avec Claire, moi aussi. Comme tous les couples, nous avions parlé d'avoir des enfants mais la vie ne nous a pas laissé assez de temps. Moi qui désirais tellement être père, je ne sais pas si cela peut encore m'arriver un jour.

Alors que je fais des allers-retours dans le couloir depuis plus d'une heure, j'aperçois Adam à l'autre bout du corridor qui accourt vers moi, un sourire béat sur son visage rondouillard.

— C'est une fille ! J'ai une petite fille ! Elle est magnifique !

— Et Julia ? Elle va bien ?

— Oui, tout s'est très bien passé, le bébé va bien aussi. Elles vont bientôt revenir dans la chambre.

— Tant mieux. Je dois t'avouer que je commençais à stresser aussi tout seul dans ce couloir. Donc ça y est, je suis officiellement tonton, c'est génial !

— Et moi, je suis papa ! Il y a quelqu'un qui va m'appeler « papa », c'est dingue, non ?

— Euh… oui, mais pas tout de suite, tu le sais, ça ?

— Mais oui, je le sais, mais c'est pareil. J'ai déjà l'impression qu'elle m'a appelé papa en ouvrant les yeux.

— Et vous, vous allez l'appeler comment ?

— Mia. Comme la grand-mère maternelle de Julia.

— C'est pas mal, un peu court mais ça me plaît bien !

Tout en épiloguant sur le choix du prénom, nous décidons de descendre boire un verre à la cafétéria de la maternité en attendant que ma belle-sœur retourne dans sa chambre.

Lorsque nous remontons, nous trouvons Julia allongée avec Mia dans les bras, dormant paisiblement, bercée par sa maman. Julia nous invite à nous approcher sans faire de bruit pour ne pas réveiller le bébé. En apercevant le petit minois de Mia, je me sens tout de suite rempli d'un amour bienveillant envers ce petit être qui vient d'arriver sur terre et qui fait maintenant partie de ma famille. Il n'y a rien de plus important à mes yeux que les gens qui me sont chers et Adam sait que je donnerais tout pour eux. Voyant la petite mine de Julia, j'en profite alors pour lui demander comment elle se sent.

— Ça va. Épuisée, mais tout va bien. Je crois que j'allais même mieux que ton frère tout à l'heure en salle d'accouchement.

— Ah bon ? Il ne m'a rien dit.

— Tu m'étonnes ! Ce n'est pas très glorieux pour lui de dire qu'il a failli tourner de l'œil et que le médecin a dû le soutenir pour qu'il ne s'écroule pas par terre. Hein, chéri ?

— Oh, il faut toujours que tu exagères, mon amour. Je n'avais rien mangé depuis ce matin, j'avais l'estomac un peu vide, voilà tout.

— Bien sûr, Adam, ne t'inquiète pas, ta petite faiblesse restera entre nous, dis-je à mon frère d'un ton des plus sérieux.

— Il faut toujours que vous vous moquiez de moi, j'espère que ma fille me soutiendra, elle, au moins.

— Mais oui, chéri, tu sais bien ce qu'on dit, les

filles sont toujours plus proches de leur « papounet ». Maintenant que Mia s'est endormie, est-ce que tu veux la prendre dans tes bras, Elliott ? Je crois que moi aussi, je ne vais pas tarder à sombrer dans les bras de Morphée.

— Oui, rien ne me ferait plus plaisir, tu sais !

Je m'approche au plus près de Julia pour pouvoir prendre ma nièce de manière à ne pas la réveiller, et vais m'asseoir dans le seul fauteuil présent dans la chambre. Alors que je contemple Mia, les paupières closes, toute fragile et si petite dans mes bras, le sommeil semble avoir eu raison de Julia qui s'endort aussitôt après. Adam l'embrasse tendrement sur le front et vient s'installer près de moi sur l'accoudoir. Lui aussi est en admiration devant sa fille. Après son mariage avec Julia, il y a quelques années, Mia est vraiment la consécration de l'amour qui les unit depuis douze ans. Je suis tellement fier de mon frère aujourd'hui, de tout ce qu'il a accompli sans le moindre faux pas, tant au niveau professionnel que personnel. Et Mia est sans aucun doute sa plus belle réussite.

— Tu as une magnifique petite perle, Adam, finis-je par chuchoter à mon frère, toujours émerveillé par sa fille.

— Je sais, je ne peux pas m'empêcher de la regarder, elle est si jolie, c'est le portrait craché de sa mère.

Je suis sûr qu'elle en fera souffrir plus d'un quand elle sera grande !

— C'est certain. De toute façon, on sera là pour la protéger de tous ses futurs soupirants. Et comme je n'ai pas d'enfant, elle pourra aussi compter sur son tonton pour la couvrir de cadeaux.

— Oui, enfin pas trop tout de même, hein ? Sinon elle deviendra capricieuse comme toutes les starlettes qu'on entend à la radio. Et puis tu n'as pas encore d'enfant mais ça ne veut pas dire que tu n'en auras jamais. Tu ne sais pas où va te mener cette histoire avec Eva.

— Si, je sais. Nulle part.

Ça y est, on arrive au sujet qui fâche. Et je me passerais bien d'en discuter avec mon frère mais je sens qu'Adam ne va pas lâcher la conversation comme ça.

— Comment ça, nulle part ? Moi, j'en suis resté à ce cours sur les *wedding cakes* où j'avais l'impression que vous iriez partout sauf nulle part. Mais vu le ton glauque que tu viens de prendre, il s'est passé un truc, non ?

— En effet, on peut dire ça. Mais je t'avoue que je n'ai pas trop envie d'en parler.

— Moi si justement, et j'ai tout mon temps.

— Ce que tu peux être pénible parfois à vouloir tout savoir !

— Non, c'est juste que je m'inquiète pour toi, c'est

pour ton bien que je suis curieux. Toi et les relations humaines, vous êtes difficilement compatibles, il faut bien que quelqu'un s'occupe de toi.

— Je sais très bien m'occuper de moi tout seul. Mais comme tu ne vas pas me laisser tranquille de toute façon, je vais t'expliquer. La semaine dernière, Eva et moi sommes allés au salon de la pâtisserie ensemble. On a passé une super journée et quand je l'ai raccompagnée à sa voiture, elle a décidé de me dire tout ce qu'elle avait sur le cœur.

— Comme ça, sans aucune raison ? Elle a l'air plutôt timide pourtant. Je suis surpris.

— En fait, c'est à la suite de la rencontre d'un vieux copain dans le salon. Il a essayé de la draguer, ça m'a énervé et Eva s'en est aperçue.

— Ah d'accord, je comprends mieux, tu étais encore jaloux. Toi qui disais que c'était juste une amie…

— Oui, enfin bref. Du coup, elle m'a dit tout ce qu'elle ressentait pour moi, et j'ai fini par l'embrasser.

— Tu l'as embrassée ? Mais c'est génial !

— Oui, mais je l'ai repoussée ensuite.

— Pardon ?

— Je l'ai repoussée ensuite.

— Ah, mais j'avais bien entendu alors ! Mais qu'est-ce qui t'a pris ? Pourquoi diable as-tu fait ça ? *Jekyll* et *Hide*, sortez de ce corps !

— J'avais vraiment envie de l'embrasser, c'est vrai, j'ai des sentiments pour Eva. Mais tout à coup, le visage de Claire m'est apparu et tout s'est brouillé dans ma tête.

— Mais tu dois passer à autre chose, Elliott. Claire n'est plus là depuis quatre ans maintenant, elle ne t'en voudrait pas que tu refasses ta vie, ce serait tout à fait normal.

— Mais pour l'instant, Claire est toujours dans mon cœur et je ne veux pas prendre le risque de faire du mal à Eva si mon cœur n'est pas libre pour elle.

— Et tu l'as laissée partir ?

— Oui, enfin, c'est moi qui suis parti. Elle s'est énervée contre moi et j'ai préféré m'en aller plutôt que d'aggraver la situation.

— Et ça s'est passé comment pendant le cours d'hier ?

— Elle n'est pas venue, je m'en doutais. Et elle ne reviendra pas. J'espère qu'elle n'abandonnera pas ses projets parce que je l'ai déçue...

— Mais merde, Elliott !

Je crois qu'Adam a oublié qu'il était dans une maternité pour braire comme un âne pareillement ! Julia et Mia étant encore endormies, je pose délicatement le bébé dans son berceau et fais signe à Adam d'aller dans le couloir pour terminer cette conversation.

— Je savais que tu allais râler si je te racontais tout ça. Mais crois-moi, toute cette histoire me fait beaucoup plus de peine qu'à toi, je t'assure.

— Mais forcément ! Tu le fais exprès ou quoi ? Tu vas laisser filer cette fille qui a l'air géniale parce que tu t'entêtes à vouloir rester bloqué dans le passé ! J'aimais énormément Claire et tu le sais, mais tu dois vivre ta vie maintenant, Elliott. Tu vas passer à côté de très belles choses si tu t'obstines dans ce sens.

— Tu crois que c'est facile pour moi ? Je ne contrôle rien et je n'ai jamais demandé que ma vie ressemble à ça, je n'ai jamais demandé de perdre Claire.

— Je le sais bien, mais si tu ne fais pas d'efforts, tu vas peut-être perdre encore plus. Tu ne crois pas que tu as déjà assez souffert comme ça ? Depuis quatre ans, je ne t'ai jamais vu aussi joyeux que ces dernières semaines, et je n'ai pas envie de te récupérer encore à la petite cuillère. Tu as déjà laissé tomber ton rêve de restaurant, ne laisse pas aussi tomber ta vie amoureuse.

— Oh, mais je ne laisse rien tomber. À t'entendre, tu penses la même chose qu'Eva, que je suis un gros lâche dans tous les domaines. Mais vous n'êtes pas à ma place.

— Non, c'est vrai, nous n'avons certainement pas enduré ce que tu as enduré, mais il est temps que tu te remues les fesses et que tu ailles de l'avant, nom d'une pipe ! Quand nous étions petits et que nous jouions avec la dînette de Maman dans notre cabane au fond du jardin, tu n'arrêtais déjà pas de me dire que quand tu serais grand, tu aurais ton restaurant à toi. Le jour où tu as fêté tes vingt-cinq ans, tu m'as dit que tu voulais avoir des enfants, et que si tu avais un fils, tu l'appellerais Matthew comme Papy. Que fais-tu de ces rêves, Elliott ? Eva a raison, tu n'as pas le courage de vouloir changer les choses.

Entendre ces mots dans la bouche de mon frère me fait autant de mal que lorsque Eva les a prononcés. Et pourtant c'est vrai, en y réfléchissant, je suis lâche. Jamais je n'aurais pensé qu'on me dise cela un jour, et pourtant c'est la vérité. Je fuis devant les difficultés et l'inconnu, de peur de tomber à nouveau. Au départ, je ne voulais pas rouvrir un restaurant parce que j'avais l'impression de trahir Claire en faisant cela tout seul, mais aujourd'hui, est-ce vraiment la seule raison ?

Quant à ma vie privée, c'est plus compliqué, Claire me manque et me manquera toujours, mais ai-je fait quelque chose pour aller mieux ?

— Tu as entièrement raison, Adam, je n'en ai pas le courage. Mais je viens de prendre deux douches froides avec toi et Eva et il est sûrement temps que je me remette en question. Cela prendra peut-être deux mois comme deux ans, mais j'espère qu'un jour, tu pourras être fier de moi comme je le suis de toi aujourd'hui.

— Je n'en demandais pas tant ! Je pensais que tu allais m'étriper devant ces infirmières qui n'auraient eu qu'à ramasser les morceaux, mais je suis plutôt satisfait de ta réaction ! Comme quoi, chez les Lessage, il y a quand même une certaine maturité avec l'âge…

Comme à son habitude et malgré la situation, Adam arrive à me faire sourire. Nous décidons alors de changer de sujet et l'atmosphère se détend aussitôt, me permettant ainsi d'apprendre quelques anecdotes croustillantes sur la grossesse de Julia.

Quand je rentre enfin chez moi deux heures plus tard, je me sens épuisé. Déjà stressé une bonne partie de la journée par la naissance du bébé, la discussion que j'ai eue avec Adam a mis tous mes neurones en ébullition. Je ne sais pas encore où cette réflexion me mènera mais je crois qu'un gros travail sur moi-même m'attend. Et j'espère de tout mon cœur que Claire, si tant est qu'elle puisse m'entendre de là-haut, m'aidera à prendre les bonnes décisions.

Chapitre 13

Lundi 9 juin 2014 – Eva

C'est aujourd'hui que je présente mon étude géomarketing devant tout le comité de direction de Cosméo. Une étude sur laquelle je travaille depuis plusieurs semaines et qui permettra de cibler plus précisément les envois de prospectus concernant nos produits de beauté. Une étude qui permettra à Cosméo d'économiser de l'argent en publicité, en ne ciblant que les quartiers où les femmes sont les plus susceptibles d'acheter les cosmétiques de dernière génération. Et pour ce faire, je dois dire que j'ai dû batailler ferme pour obtenir toutes les informations nécessaires auprès des différents organismes détenteurs des données démographiques !

Mais aujourd'hui, je n'ai pas d'appréhension concernant le déroulement de cette réunion. Si cette vieille chouette de Marie-Sylvie ne veut pas me laisser présenter mon étude cette fois-ci encore, pour s'approprier tous les lauriers de mon travail, je ne me laisserai pas faire. Oui, car juste après cette présentation, j'annoncerai à Marie-Sylvie que je quitte Cosméo. Je n'aurai donc rien à perdre en tenant tête à ma directrice.

C'est donc avec l'esprit plutôt serein que je monte dans le RER, déjà bondé à cette heure très matinale. Tandis que je tente désespérément de respirer, debout à l'entrée du wagon, coincée entre un étudiant boutonneux, un clochard qui ne sent décidément pas la rose, et le vélo d'un touriste chinois, je repense à la conversation que j'ai eue avec ma grand-mère, hier. Une conversation sans laquelle la lettre de démission qui se trouve dans mon sac n'aurait pas bougé de chez moi.

Depuis une semaine, je ruminais cette histoire avec Elliott, n'ayant plus envie de rien, à part me jeter sur les paquets de gâteaux industriels qui traînent toujours dans mes placards. Lundi dernier, j'ai même prétexté être malade pour ne pas aller travailler, tellement l'idée de mettre le nez dehors et de croiser des gens que je n'ai pas envie de voir me rebutait.

Lorsque je suis arrivée chez ma grand-mère hier pour le déjeuner, j'étais à l'heure, mais je n'étais toujours pas en forme. Et elle a tout de suite remarqué ma mine défaite en m'ouvrant la porte.

— Dis donc, on dirait que tu reviens d'un enterrement. Tu ressembles à ta mère qui détestait les photos de classe.

— C'est gentil pour Maman, elle serait contente d'entendre ça ! Non, ça va, Mamie, juste une semaine un peu difficile.

— Je crois que nous allons avoir une grande conversation toutes les deux, jeune fille...

Nous nous sommes alors installées à table et avons commencé à manger la délicieuse blanquette de veau de ma grand-mère, une recette qui se transmet de génération en génération dans ma famille, depuis fort longtemps maintenant.

— Alors ? Raconte-moi tes ennuis, Eva, que t'arrive-t-il ? Tu sais que je n'aime pas te voir avec cette tête-là.

— Oui Mamie, excuse-moi de ne pas être dans mon meilleur jour. Tu sais, j'aime beaucoup Elliott, enfin, un peu plus que beaucoup. Et soit dit en passant, ce n'est pas la peine de me dire « je te l'avais bien dit » ! Enfin bref, la semaine dernière, j'ai cru comprendre qu'il ressentait la même chose alors je me suis jetée à l'eau... et j'ai coulé.

— Coulé ?

— Oui, coulé, sombré, il ne peut pas être avec moi

car il y a toujours sa femme entre nous, tu te souviens de l'histoire que je t'ai racontée, non ?

— Oui, bien sûr. Je n'ai pas encore Alzheimer que je sache !

— J'ai fini par m'emporter un peu et il est parti sans même me dire au revoir. Je crois que je ne le reverrai plus. Je ne suis même pas allée au cours de vendredi, j'avais trop honte. Et je n'aurais pas su quoi lui dire de toute façon.

— Ma chérie, il ne faut pas que cela te mette dans un état pareil. Tu ne sais pas de quoi demain sera fait. Peut-être ne reverras-tu jamais Elliott et tu vivras sans nul doute, d'autres moments formidables, ou bien les choses s'arrangeront d'elles-mêmes et tu le retrouveras pour de bon. Il faut laisser le temps au temps, comme on dit. Crois-en ta vieille grand-mère ! Et l'important tout de suite, c'est que tu te concentres sur ton changement de carrière. C'est ça qui te poussera en avant.

— Justement, avec tout ça, je ne sais pas si je vais continuer. C'est Elliott qui me donnait la force de changer et qui me motivait, et je ne suis pas sûre d'y arriver toute seule. J'ai tellement peur d'échouer.

— Ah non, Eva ! Non, non et non ! Tu ne vas pas baisser les bras maintenant que tu es décidée. Ton pâtissier t'a dit que tu avais du talent, que tu étais faite pour ça, ton travail actuel ne t'apporte rien, à part un salaire convenable, alors tu vas me faire le plaisir de te bouger le popotin et ne pas laisser filer ton rêve !

J'avais l'impression de retrouver la grand-mère que j'avais à dix ans, me houspillant pour faire mes devoirs et ne laissant pas de place à la discussion.

— Je devais remettre ma lettre de démission demain à ma directrice, juste après la présentation de mon étude.

— Eh bien, tu as intérêt à lui donner, cette lettre, sinon, c'est moi qui la lui donnerai.

— Ah oui ? Et tu comptes aller jusqu'à Cosméo avec tes petites jambes ?

— Oh, ne joue pas à la plus maligne, Eva ! Même si je n'ose plus faire de grands trajets à mon âge, Michel pourrait tout à fait m'emmener à Paris. Au moins, pendant ce temps-là, il n'abîmera pas mes fleurs avec ses gros godillots.

Ma grand-mère a un foutu caractère et aurait été tout à fait capable de mettre son plan à exécution.

— OK, Mamie, je donnerai cette lettre demain. De toute façon, je n'en peux plus d'aller à Cosméo, ma vie ne pourra pas être pire ailleurs que là-bas, tu as raison. Et en y réfléchissant, je n'ai plus grand-chose à perdre depuis une semaine.

— Je préfère ça. Je n'aime pas les grands trajets en voiture de toute façon, ça me comprime la vessie.

En repensant à cette réplique de ma grand-mère, je ne peux qu'esquisser un sourire, au risque de passer pour une illuminée parmi mes colocataires du RER. Quand je sors enfin du métro, tout aussi bondé, je suis contente de pouvoir marcher un peu et respirer l'air frais du matin avant cette journée décisive pour mon avenir professionnel.

En arrivant à mon bureau, je constate que la seule personne déjà présente malgré son licenciement honteux, c'est Mélanie, à qui il ne reste plus qu'un mois et demi de préavis avant de quitter définitivement Cosméo. Quand nous arrivons le matin avant nos autres collègues, nous en profitons toujours pour papoter un peu. C'est d'ailleurs la seule personne de l'entreprise en qui j'ai confiance et à savoir que j'hésitais à démissionner depuis un moment.

— Salut Mélanie ! Ça va ?

— Bof. Je bosse sur un *reporting* très pénible pour une personne encore plus pénible.

— Tu sais que tu m'épates, quand même. Après le coup que Marie-Sylvie t'a fait, tu restes très professionnelle avec elle. Si j'étais toi, je truquerais les chiffres, ça lui ferait les pieds !

— Oh mais, je n'ai pas dit que je n'omettais pas quelques données par-ci, par-là…

— Ah, je te reconnais bien là. Et sinon, tu as déjà retrouvé des pistes pour un emploi ?

— C'est compliqué, tu sais. En ce moment, il y a beaucoup moins d'offres de chargée d'étude marketing. J'ai l'impression que toutes les grosses entreprises réduisent leurs équipes. Et les salaires qu'ils proposent sont plus bas que ce que je touche maintenant, même pour les postes avec expérience. Je me demande si je ne vais pas faire un break pour m'occuper de mes jumeaux.

— Je comprendrais tout à fait ton choix. On ne peut pas dire que tu profites beaucoup d'eux en travaillant chez Cosméo. Avec les horaires que tu fais…

— C'est vrai ! Je me tue à la tâche et je ne vois même pas grandir mes enfants ! Ils ont fait leurs premiers pas chez la nounou, il y a deux semaines, et je n'étais pas là. J'en ai discuté avec mon mari et comme il a une bonne paye, cette solution serait envisageable. Mais bon, j'hésite encore.

Je profite de l'occasion pour annoncer à Mélanie que je me suis décidée à partir.

— Eh bien moi, cette fois-ci, je n'hésite plus ! Je vais donner cette lettre à Marie-Sylvie tout à l'heure.

— Tu démissionnes ? Enfin ? Parce que la semaine dernière, tu faisais marche arrière…

— Oui, j'avoue que j'ai un peu tout mélangé, mais ma grand-mère m'a remis les idées en place hier, comme d'habitude. Il faut que je le fasse, peu importe ce qui se passe après.

— Tu m'étonnes ! Rester dans cette boîte de dingues devient dangereux pour la santé. J'aimerais beaucoup voir la tête de Marie-Sylvie quand tu vas lui annoncer ça. Elle qui compte sur toi pour tout le géomarketing, elle risque de faire une attaque.

— Et je rendrai un fier service à toute la boîte ! D'ailleurs ce matin, nous avons la présentation de la grosse étude avec le comité de direction, et je peux te dire qu'elle ne présentera pas les résultats à ma place.

— Ah oui ? Pourtant, tu la connais, il faut toujours qu'elle s'arrange pour faire croire qu'il s'agit de son dossier alors qu'elle n'y a presque pas mis le nez.

— Non, mais je lui réserve une petite surprise. Elle ne va certes pas lui plaire, mais je m'en fiche puisque je vais partir. Pour une fois, elle ne récupérera pas les félicitations à ma place. Je te raconterai après la réunion. Il faut que je m'y mette si je veux que tout soit prêt avant qu'elle arrive.

Deux heures plus tard, Marie-Sylvie arrive dans l'*open space*, quelques minutes seulement avant le début de la réunion. Ma directrice, comme à son habitude, se jette sur moi pour savoir si j'ai terminé la présentation et les notes nécessaires à la compréhension de celle-ci. Lui assurant que tout est fin prêt, nous nous rendons dans la salle prévue à cet effet et installons le vidéoprojecteur pour dérouler les diapositives, en attendant que les membres du comité de direction arrivent. Marie-Sylvie passe rapidement la présentation sur l'ordinateur afin de prendre connaissance des diapositives et semble s'étonner du peu de contenu de celles-ci.

— Dites-moi, Eva, c'est un peu léger en termes d'écriture, non ?

— J'ai préféré alléger chaque diapositive pour un meilleur confort de lecture. Mais ne vous inquiétez pas, tout est détaillé sur les notes qui se trouvent dans ma pochette.

— Vous me rassurez.

Quelques instants plus tard, tous les membres du comité de direction sont installés dans leur fauteuil, nous allons pouvoir commencer.

Comme je m'y attendais, Marie-Sylvie cherche une nouvelle fois à me passer devant en me chuchotant :

— Eva, si cela ne vous embête pas, je vais prendre la parole, j'ai l'habitude de discuter avec eux, je serai plus à l'aise que vous. Pouvez-vous me passer vos notes au cas où, s'il vous plaît ?

Mais je t'en prie, vieille chouette, ai-je envie de lui répondre. Mais je ne m'énerve pas et préfère rentrer dans son jeu.

— Mais bien sûr. Les voilà.

Marie-Sylvie attrape la liasse de feuilles sur lesquelles j'ai noté chaque diapositive et les explications de chacune d'elles. Comme je m'y attendais, elle ne semble pas prêter attention aux feuilles et commence à présenter l'étude. Or, les diapositives n'étant pas fournies en explications, le comité de direction ne tarde pas à poser des questions. Ma directrice se penche alors sur mes notes pour y trouver les réponses tant attendues. Mais là, un grand blanc s'installe.

Eh oui, car l'avantage de travailler longtemps dans une même entreprise, à défaut d'être augmentée, c'est de connaître les petites lacunes de nos collègues. Et Marie-Sylvie, en plus de tous ses travers, ne parle pas un mot d'allemand. C'est fort dommage, surtout quand on sait que j'ai rédigé toutes mes notes ce matin dans cette langue…

Ma directrice commence alors à devenir rouge de confusion, et peut-être aussi de colère vis-à-vis de moi. Elle tente une ou deux explications fumeuses mais le comité commence à s'impatienter devant le non-professionnalisme de celle-ci. Je regarde alors Marie-Sylvie et lui propose aimablement de prendre le relais. Après un « oui » qu'elle murmure sans desserrer une dent, j'enchaîne les diapositives tout en répondant aux questions des différents directeurs, très à l'aise avec mon étude dont je connais les résultats par cœur à force de travailler dessus. Une fois la présentation terminée, le comité de direction me félicite pour mon étude, me précisant qu'elle leur sera d'une grande aide pour la communication de Cosméo auprès de ses clients.

Tandis que je range tout le matériel dans la salle et que Marie-Sylvie retourne prestement à son bureau sans même m'adresser un mot, je ne peux m'empêcher de sourire d'avoir cloué le bec à cette vieille chouette. Je ne pouvais pas quitter Cosméo sans avoir essayé au moins une fois de défendre mon travail ! Et puis, c'est si gratifiant de le voir reconnu et apprécié par le haut de la hiérarchie. Maintenant je sais que je peux partir de Cosméo sans regrets. D'ailleurs, je vais de ce pas donner ma lettre à Marie-Sylvie, qui ne doit toujours pas avoir retrouvé son teint diaphane !

Lorsque je pénètre dans son bureau, je ressens cette atmosphère pesante, qui m'oppresse comme à chaque fois que nous avons une réunion dans cette pièce. Ma directrice me fait signe de m'asseoir en hochant la tête, et m'adresse enfin la parole avec son air hautain habituel.

— Dites-moi, Eva, je peux savoir ce qui vous a pris de jouer à ce petit jeu stupide avec moi tout à l'heure ?

Au point où j'en suis, je préfère jouer cartes sur table et être complètement honnête avec elle.

— C'était loin d'être stupide. Je ne voulais pas que vous vous appropriiez encore une fois mon propre travail, voilà tout. Et c'est le seul moyen que j'ai trouvé.

— Vous réagissez comme une gamine de cinq ans. Le comité de direction sait pertinemment que je ne réalise pas les études toute seule et qu'il s'agit d'un travail d'équipe.

— Aux dernières nouvelles, une équipe se compose d'au moins deux personnes. Et en l'occurrence, je ne vois pas qui a travaillé sur ce dossier à part moi.

— Vous exagérez, Eva, je ne peux pas toujours être derrière chacun de vous. Et vous vous débrouillez très bien sans moi.

— Justement, je n'ai pas besoin de vous pour présenter *mes* études.

— Vous savez que ce n'est pas avec ce comportement puéril que vous risquez d'avoir une augmentation l'année prochaine ou même une bonne appréciation lors de votre entretien annuel. Vous vous en rendez compte, j'espère ?

— Ah, complètement.

— Et cela n'a pas l'air de vous gêner plus que cela ?

— Non, pas du tout en fait, car l'année prochaine, je ne serai plus ici. Voici ma lettre de démission.

Je tends ainsi l'enveloppe à Marie-Sylvie, qui semble tout à coup tomber des nues.

— Que faites-vous ? Vous n'allez pas quitter l'entreprise sur un coup de tête, c'est ridicule !

— Un coup de tête qui se traduit par deux ans de réflexion, je n'appelle plus ça un coup de tête.

— Pourquoi ne m'en avoir jamais parlé ? Nous aurions certainement pu trouver un arrangement.

— Non, je ne crois pas. Vous pensez que vous pouvez manipuler les gens comme des pions dans cette entreprise, sans aucune reconnaissance en contrepartie. Vous tirez sur la corde jusqu'à ce qu'elle craque, et seulement alors vous vous intéressez à la personne qui se trouve en face de vous. Et encore, si cette personne mérite qu'on s'intéresse à elle ! Mélanie n'a pas eu cette chance. Mais dans mon cas, c'est différent, j'ai envie de faire tout autre chose de ma vie, et toutes les promotions du monde ne me feraient plus changer d'avis.

— Vous savez, Eva, personne n'est indispensable dans une entreprise, même moi. Tout est une question de productivité et rentabilité. Alors, nous avons autre chose à faire que de nous préoccuper des états d'âme de nos collaborateurs, que cela vous plaise ou non. Maintenant, si vous voulez partir, c'est votre droit, vous serez remplacée d'ici trois mois, à la fin de votre préavis. Je dois bien admettre que nous allons avoir du mal à retrouver une personne aussi compétente que vous sur le géomarketing mais comme je vous l'ai dit, personne n'est irremplaçable.

Même si je ne m'attendais pas à ce que Marie-Sylvie me supplie de rester, j'aurais bien aimé qu'elle me montre un peu plus de considération. Enfin, après la blague que je lui ai faite ce matin, je ne peux pas lui jeter la pierre… Au moins a-t-elle admis que j'étais compétente, je devrai me contenter de ce demi-compliment.

Quand je sors du bureau quelques instants plus tard, Mélanie m'attend pour aller déjeuner, pressée d'avoir les détails de la matinée. Une fois sorties de l'immeuble, nous marchons d'un pas rapide le long de la Seine en direction de notre restaurant japonais préféré, à un bon kilomètre à pied de Cosméo. J'en profite pour raconter à Mélanie tous les détails croustillants de la réunion et de mon entrevue avec notre directrice, et cela a le mérite de beaucoup faire rire ma collègue dont le moral n'est pas au plus haut en ce moment.

— Je n'en reviens pas ! Tu as osé la rendre ridicule devant le comité ! Je comprends mieux pourquoi elle avait la tête de *Cruella* en retournant à son bureau.

En même temps, elle n'a eu que ce qu'elle méritait, cette vieille croûte anorexique !

— C'est vrai, mais elle n'est pas près de le digérer. Je crois que je vais souffrir pendant les trois mois qu'il me reste à faire !

— Ça, c'est sûr ! Elle va te pourrir la vie jusqu'au dernier jour. Mais tu dois te sentir libérée quand même, non ?

— Oui, totalement libérée. C'est la sensation que j'ai eue en sortant de son bureau tout à l'heure. Je me rends compte que j'aurais dû prendre cette décision depuis des lustres. Je ne sais pas ce qui m'attend dans la pâtisserie, mais je sais que cela ne pourra être que mieux.

— Quand tu ouvriras ton salon de thé, tu n'auras plus personne pour te donner des ordres, à part quelques-uns de tes clients. Tu seras le seul maître à bord. Plus personne pour te dicter ta conduite, pour te demander du travail au moment où tu en es à rentrer chez toi. Et surtout, plus personne pour récupérer le fruit de ton travail à ta place.

— Tu l'as dit, bouffi ! Je sais que tout ne sera pas rose non plus, mais au moins, je ferai le métier que j'aime et qui me passionne, et c'est le plus important. Je ne sais pas encore dans quel ordre je vais m'y prendre mais je compte bien potasser tout ça pendant mes heures de travail sur les trois prochains mois. J'aurais bien aimé qu'Elliott m'aide, mais bon...

En prononçant cette phrase, je sens mon estomac se nouer. J'aurais tant voulu que cela se passe autrement entre nous. Il m'aurait rassurée, conseillée, comme il l'a fait depuis le début de notre amitié. Mais je voudrais aussi tellement plus...

— Tu sais comment il va ? me demande Mélanie, en me voyant subitement plongée dans mes pensées.

— Non, pas du tout. Et j'essaie de ne pas penser à lui mais je n'y arrive pas. Je sais bien que je dois passer à autre chose, mais c'est plus facile à dire qu'à faire ! Demande à quelqu'un de ne pas penser à un éléphant blanc et il pense à...

— Un éléphant blanc ! Ton pâtissier serait content de la comparaison !

— Je n'en doute pas, il est très soupe au lait !

Quand nous rentrons au bureau après notre déjeuner très agréable entre filles, au cours duquel tous les potins de l'entreprise sont passés au crible, je me dis que les mois où Mélanie ne sera plus là vont me sembler très longs. Maintenant que j'ai sauté le pas, je n'ai plus qu'une envie, quitter définitivement Cosméo et ne plus jamais y remettre les pieds. Et puis, j'ai tellement hâte de démarrer ma nouvelle vie...

Chapitre 14

Samedi 8 novembre 2014 – Elliott

Il fait vraiment un temps pourri, je déteste l'automne. Pour une fois que je me suis décidé à sortir prendre l'air et à aller m'acheter des vêtements ce matin, je me fais tremper les pieds à chaque fois que je sors d'une boutique. Je ne sais vraiment pas pourquoi quelqu'un a inventé le mois de novembre, il ne sert strictement à rien ! De toute façon, je suis grognon depuis que je me suis levé et ce sale temps n'est pas près d'améliorer les choses.

Deux mois que je cherche un local pour rouvrir mon restaurant et je ne trouve vraiment rien qui m'inspire. Et ce n'est pas faute de chercher. Internet, les petites annonces, le bouche-à-oreille, j'ai tout essayé. Soit il s'agit de fonds de commerce souvent trop grands et vite hors de prix, soit il s'agit d'un local à aménager et je tombe sur des baux qui n'acceptent pas la restauration. Sans compter les locaux vétustes où il faudrait tout raser.

Quand Claire et moi avons ouvert notre restaurant, nous avons eu beaucoup plus de chance. Un restaurant où nous avions l'habitude de dîner était en vente pour cause de divorce. Les propriétaires souhaitaient que la vente se fasse rapidement, ils ont donc accepté de baisser considérablement le prix de vente de leur fonds. J'ai l'impression que je ne suis pas parti pour bénéficier de ce genre d'aubaine cette fois-ci.

Je me demande si j'ai pris la bonne décision. À force de réfléchir dans tous les sens après les discours d'Eva et d'Adam, j'ai bien dû admettre qu'il fallait que je prenne mon courage à deux mains pour ouvrir un nouveau restaurant. C'est vrai, c'est ce qui m'a toujours motivé dans la vie. Et je me suis aussi rendu compte que ces deux dernières années, c'était plus par lâcheté que par égard envers Claire que je ne voulais pas recommencer. La peur d'échouer, de subir à nouveau un choc dont mon établissement ne se relèverait pas. Mais personne ne sait de quoi demain sera fait. Même avec mon entreprise actuelle, je ne sais pas ce qui peut arriver.

J'ai donc fini par annoncer sur mon site Internet

que j'arrêtais de donner des cours à partir de fin octobre pour un projet qui me tenait à cœur. Non pas que je regrette cette période où j'ai appris la pâtisserie à des personnes motivées et parmi lesquelles je garde de très bons contacts. Je n'ai sans doute pas été un si piètre professeur étant donné les messages de soutien que certains m'ont envoyés, mais il est temps que je fasse ce que j'ai vraiment envie de faire.

Et pourtant, je doute. Je me demande si le fait que je ne trouve pas de local n'est pas un signe du destin. Peut-être fais-je une erreur monumentale en me lançant tout seul dans un tel projet. Adam me soutient que non, que j'ai pris la bonne décision et que je ne le regretterai pas. Mais mon frère n'est pas devin et pour l'instant, c'est loin d'être gagné !

Et puis, il y a autre chose qui me chiffonne. Qui fait beaucoup plus que me chiffonner en vérité. Eva. Depuis que nous nous sommes disputés au salon de la pâtisserie, je ne l'ai pas revue. Je pensais que le temps allait effacer ma peine, mais il n'en est rien. Il ne se passe pas un jour sans que je pense à elle. Je dois même avouer que depuis cette dispute, elle est plus présente dans mon esprit que Claire. J'aurais tellement aimé que les choses soient différentes entre nous. Et je n'ose pas en parler à Adam, il se ferait un plaisir de me faire la morale du genre « oui, je te l'avais bien dit, c'est de ta faute tout ça… ». Qui plus est, j'ai rêvé d'elle cette nuit, elle était heureuse avec un autre homme, un grand brun qui ressemblait étrangement à son ami gay, Vincent. Bref, décidément, c'est une sale journée.

Alors que je rumine tout ça sous mon parapluie en longeant les magasins, je ne prête pas du tout attention à l'homme qui arrive droit sur moi, en courant sous la pluie. Au dernier moment seulement, j'aperçois un pardessus noir, mais je n'ai pas le temps de l'éviter. Le choc nous fait tomber tous les deux à la renverse et fait voler le sac que je tenais à la main ainsi que mon portefeuille glissé dans la poche extérieure droite de ma veste. Il ne manquait plus que ça !

Je me relève, énervé, et commence à ramasser mes papiers tombés à terre sous la pluie, en insultant le grand dadais à lunettes qui se trouve en face de moi.

— Non mais dites donc, vous ne regardez jamais où vous mettez les pieds ? Pauvre type !

— Excusez-moi, j'avais ma serviette sur la tête pour me protéger de la pluie et je ne vous ai pas vu en courant sous ce déluge. Je suis vraiment désolé.

— Ouais bah, vous pouvez l'être, désolé ! Vous devriez mettre des loupes sur vos lunettes ! Ou vous acheter un parapluie comme tout le monde !

L'homme au pardessus est déjà reparti que je continue de râler en ramassant mes affaires. Mes papiers de voiture et mon permis de conduire sont trempés et les cartes de visite que je souhaite conserver également. Et parmi elles, une carte que j'avais complètement oubliée depuis quelques mois, la carte de la voyante dont m'avait parlé Eva. Prêt à la jeter à la poubelle, je me ravise. Je ne crois pas du tout à ces superstitions, certes, mais Eva est une fille intelligente qui ne doit pas se laisser berner facilement. Elle prétend que cette Monica est très forte, je suis sceptique, mais peut-être a-t-elle réellement un don ? Je pourrais essayer d'aller la voir une fois, je ne risque pas grand-chose au fond. Au pire, je perdrai vingt euros, au mieux, elle pourra peut-être m'aider à y voir plus clair dans ma vie en ce moment.

Quand je rentre chez moi à treize heures passées, j'ai bien réfléchi et suis décidé à contacter cette Monica, plus par curiosité que par conviction, je dois dire. Je compose son numéro et tombe sur la vieille dame. Après lui avoir donné mon nom, je lui demande s'il est possible de prendre un rendez-vous avec elle, ce à quoi elle me répond que je peux venir dans l'après-midi, sans oublier d'apporter une photo de moi. Je réfléchis quelques instants mais n'ayant absolument rien de prévu, je finis par accepter, ne sachant pas si j'aurai toujours envie d'y aller demain.

Lorsque j'arrive chez la vieille dame en milieu d'après-midi, je suis un peu surpris de trouver une maison tout à fait normale, bien loin de ce qu'on imagine de la voyance à travers les émissions de télévision. À l'extérieur, aucun signe d'ésotérisme ne laisse penser qu'une médium habite ici, seules quelques fleurs jonchent le parterre aménagé devant son domicile. Dans la décoration intérieure, douillette et chaleureuse, on ne trouve ni babioles, ni breloques liées aux arts divinatoires, pas même une boule de cristal. Seules trônent sur la table du séjour autour de laquelle m'invite à m'asseoir poliment la vieille dame, quelques grosses bougies blanches allumées. Quant à Monica, très souriante, elle aussi est habillée très simplement, comme n'importe quelle grand-mère.

Même si je ne suis pas convaincu de son don, le fait de me trouver en face d'elle me rend tout à coup nerveux, n'ayant aucune idée de la sauce à laquelle je vais être mangé. La voyante doit le ressentir car elle me propose de me détendre avant de commencer la séance.

— Il ne faut pas vous inquiéter, je suis là uniquement pour vous aider. Je vous assure qu'il ne vous arrivera rien ici. Avez-vous amené une photo ?

— Oui, tenez.

— Pourquoi vouliez-vous me voir, Elliott ?

L'envie de lui répondre : « Devinez ! » me traverse l'esprit mais je préfère rentrer dans son jeu.

— Pour être tout à fait franc, c'est une amie qui m'a donné votre carte, et elle pense que vous pourriez m'aider.

— Eva, c'est bien ça ?

— Oui, elle vous a parlé de moi ?

— Elle m'a dit quelques mots à propos de vous, effectivement.

Monica fait alors glisser ses doigts frêles sur ma photo en fermant les yeux. Après un long moment de concentration, elle finit par les rouvrir.

— Vous avez vécu un énorme traumatisme, il y a quatre ans. Vous avez perdu votre femme, Claire, dans un accident de voiture, c'est cela ?

— Oui.

Enfin ça, elle ne l'a pas deviné, Eva a sûrement dû lui en parler !

Elle continue de faire glisser son index, fronce les sourcils et me regarde droit dans les yeux.

— Vous vous en voulez terriblement depuis ce drame. Et c'est en grande partie cette culpabilité qui vous empêche de faire votre deuil, de passer à autre chose. Vous êtes prisonnier de vous-même en quelque sorte.

— C'est moi qui conduisais et je m'en voudrai toute ma vie d'avoir été au volant ce jour-là. Rien ne pourra changer ça, car rien ne pourra ramener Claire à la vie.

Son analyse psychologique n'est pas totalement fausse, mais je ne vois toujours aucun signe de voyance dans ses dires. La vieille dame reste cependant très concentrée, et poursuit son travail en effleurant continuellement la photo avec le bout du doigt.

— Vous n'y êtes pourtant pour rien dans ce qui est arrivé. Le seul responsable est le chauffard qui est arrivé en face de vous. Elle ne pense pas que c'est de votre faute, vous savez.

— Qui ça, Eva ?

— Non, Claire.

— Comment ça, Claire ?

— Claire, votre femme. Elle veut que vous sachiez qu'elle ne vous en veut pas pour ce qui lui est arrivé, que vous ne devez pas vous en vouloir.

— Claire, ma femme, vous parle ? Vous vous fichez de moi ! Vous n'avez pas le droit d'utiliser la mémoire de Claire pour me sortir des balivernes pareilles !

Malgré mon énervement trop brutal que je regrette aussitôt, Monica reste étonnamment calme.

— Je croyais qu'Eva vous avait expliqué ce que je faisais.

— Oui, en effet. Mais je suis désolé, je n'y crois pas du tout.

— Vous savez, je n'y ai pas cru non plus au début. Je me suis dit que les gens allaient me prendre pour une folle ou une arnaqueuse, ce qui est souvent arrivé et arrive encore parfois, la preuve... Mais je vous assure que certaines personnes défuntes me parlent. Je ne sais pas pourquoi à moi particulièrement, et je ne saurais pas vous expliquer comment. Mais là, tout de suite, je ressens l'âme de Claire, et elle n'est pas en paix.

— Excusez-moi de vous dire cela, mais vous racontez vraiment n'importe quoi !

— Elle me dit que vous n'avez pas tenu votre promesse.

— Quoi ? Qu'est-ce que vous avez dit ?

— Vous n'avez pas fait ce que vous lui avez promis avant de mourir.

Non, ce n'est pas possible ! Comment peut-elle être au courant de ça ? Je n'en ai jamais parlé à qui que ce soit, pas même à Adam ! Mais alors... ce serait vrai ? Cette femme communiquerait avec Claire ? Je sens mon pouls s'accélérer subitement, et ma gorge devenir sèche.

— Non, je... non, je n'ai pas tenu ma promesse.

— Elle comprend pourquoi vous ne l'avez pas tenue. Mais elle ne pourra pas partir en paix tant que vous en resterez là.

Je reconnais bien Claire et son éternelle générosité,

toujours à s'occuper des autres avant elle. Elle qui prenait tant soin de moi, aujourd'hui encore, elle ne cherche que mon bonheur alors qu'elle-même n'est plus de ce monde. Tout ça est tellement injuste. Je sens les larmes ruisseler sur mes joues, sans parvenir à les retenir. J'essaie de parler mais les mots s'étranglent dans ma bouche et de gros sanglots finissent par éclater, sans que je puisse les interrompre. Après quelques instants, je parviens enfin à avaler ma salive et à articuler.

— Elle voulait... juste... que je lui promette... de refaire ma vie. Parce qu'elle me connaissait, et qu'elle savait que je ne l'aurais pas fait sans cette promesse. Je suis si désolé... J'en ai été incapable jusqu'à maintenant. La perdre a été si dur pour moi. Je ne voulais pas lui être infidèle.

— Elle le sait, mais elle veut que vous retrouviez la paix aujourd'hui. Vous devez vivre votre vie et être heureux sans elle. Cela n'empêchera pas qu'elle sera toujours à vos côtés.

— Alors dites-lui que je ferai ce qu'il faut pour qu'elle puisse partir en paix. Et dites-lui que je l'aime de tout mon cœur.

— Elle le ressent de là où elle est. Elle vous aime aussi. Mais elle sait que vous aimez également quelqu'un d'autre, et elle voudrait que vous donniez à cette femme tout votre amour, tout cet amour que vous n'avez pas pu partager ensemble et que vous retenez au fond de vous.

— Je suis si torturé entre les deux, depuis des mois. Si j'avais su tout cela plus tôt…

— Je ne peux rien vous dire à propos d'Eva, elle ne veut absolument pas que j'intervienne dans sa vie alors je ne vous dirai rien à son sujet.

— Mais comment savez-vous qu'il s'agit d'Eva ?

— Vous croyez vraiment que cette question est nécessaire ?

— Euh… non effectivement. Après ce que je viens d'entendre, je ne m'étonne plus de rien !

— Je peux juste vous dire une autre chose vous concernant. Il ne faut pas vous inquiéter pour votre nouveau restaurant. Vous y arriverez en persévérant, et vous ne serez pas tout seul. Mais je ne rentrerai pas dans les détails, il faut savoir garder un petit peu de surprise dans la vie.

— Oui, je crois déjà en avoir appris pas mal aujourd'hui. Je vous présente mes excuses, je suis désolé d'avoir été agressif et d'avoir douté de vous. Mais tout ce qui vient de se passer est si… bizarre !

— Oh, ne vous en faites pas, je ne vous en veux pas. J'ai moi-même perdu mon mari assez jeune et je sais combien notre comportement face à la perte d'un être cher peut parfois être immodéré.

La voix jusqu'ici bienveillante de Monica se teinte

tout à coup d'un voile de regrets. Ne voulant pas lui rappeler de mauvais souvenirs, je m'empresse d'enchaîner.

— En tout cas, je vous remercie pour ce que vous avez fait pour moi. Je suis partagé entre joie et tristesse mais je crois que vous m'avez été d'une grande aide aujourd'hui. Vous m'avez libéré de beaucoup de choses et je vous en serai éternellement reconnaissant.

— Partez en paix, c'est tout ce que je souhaite aux gens qui viennent me voir.

Le temps de rentrer en voiture à Paris, toujours sous une pluie battante, je tourne et retourne continuellement dans ma tête cette séance chez Monica qui m'a complètement bouleversé. Trop désemparé par ce qui s'est produit, je décide de passer directement chez Adam qui doit être rentré de la librairie à cette heure-ci pour lui raconter ce qui vient de m'arriver. Mon frère est la seule personne en qui j'ai réellement confiance et qui saura écouter mon histoire abracadabrantesque. Quoique, avec Adam, on n'est jamais sûr de rien…

Lorsque je pousse le portillon, je suis heureux de voir que Lucky est à l'intérieur de la maison et que je vais réussir à atteindre leur domicile en restant propre des pieds à la tête. Une fois au sec, Adam s'étonne de me voir et s'inquiète de cette visite imprévue.

— Qu'est-ce que tu viens faire ici à cette heure ? Il y a un problème ? Nous allons passer à table d'ici une demi-heure, tu peux te joindre à nous. Julia est en haut, elle prend un bain avec la petite.

— Je sais, je suis désolé d'arriver à l'improviste, mais il fallait que je te parle de quelque chose. Rien de grave, rassure-toi. Un truc dingue.

— Quoi, tu as croisé Angelina Jolie dans ta salle de bains ?

— Oui, et elle était nue ! Mais non, imbécile ! Je suis allé voir une voyante qui a pu communiquer avec Claire !

— C'est ça. Et moi, j'ai discuté avec *Obélix* ce matin. On a prévu d'aller à la chasse au sanglier ensemble, demain matin.

— T'es vraiment bête, je te parle d'un truc sérieux, là ! Moi non plus je n'y croyais pas à ces histoires, mais elle savait quelque chose que je n'ai jamais dit à personne.

— Ah oui ? Même pas à moi ?

— Non, même pas à toi.

— Ah bon, et c'était quoi ?

— Une promesse que j'ai faite à Claire, cinq minutes avant qu'elle parte.

— Ah, effectivement, c'est bizarre que cette

femme ait deviné un truc pareil. Et c'était quoi cette promesse ? Que tu apprennes à devenir sociable ?

— Non, je lui ai promis que je referais ma vie.

— Tiens donc ! Eh bien, on peut dire que tu tiens tes promesses, toi !

— Oui, ça va ! Je ne suis pas là pour que tu me fasses la morale.

— Je sais, j'exagère. Si je devais perdre Julia, je n'aurais certainement pas la force de refaire la mienne. Ça ne m'étonne pas de Claire, cette promesse. Elle savait que tu te replierais sur toi-même avec cette épreuve.

— Tu sais, cette voyante m'a dit que Claire ne m'en voulait pas pour l'accident, mais que son âme n'était pas en paix à cause de mon obsession à rester bloqué dans le passé. Et je crois que cette séance m'a en quelque sorte libéré. Libéré de ma culpabilité vis-à-vis de l'accident et vis-à-vis de mes sentiments pour Eva. Je me sens beaucoup mieux ce soir, et je sais dorénavant que je peux, et que je dois, aller de l'avant.

— Waouh ! Eh bien dis donc, si j'avais su qu'il te fallait une séance chez une médium pour aller mieux de ce côté-là, j'aurais déboursé cent euros pour toi depuis bien longtemps !

— Je n'ai rien payé. Mon histoire lui a rappelé

la sienne et elle était heureuse de pouvoir m'aider à tourner cette page douloureuse de ma vie.

— Alors là, je vais vraiment finir par y croire à toute ton histoire !

— Je t'assure que ça me dépasse, c'est complètement irrationnel mais je suis maintenant persuadé qu'elle a un vrai don qu'elle essaie de mettre au service des autres.

— En tout cas, je suis content si cela a pu t'être utile. Je n'arrivais plus à trouver les mots avec toi. Et tu étais si maussade ces derniers mois, j'avais peur que tu refasses une dépression.

— J'étais malheureux de ne plus voir Eva. Si seulement j'étais allé voir cette voyante six mois plus tôt, je suis sûr que tout se serait passé différemment entre nous. Maintenant, il est trop tard.

— Je ne voudrais pas jouer les grands frères, mais je te l'avais bien dit. Tu as réagi comme un parfait idiot avec elle.

Ça y est, Adam est content, il a pu placer sa petite phrase qu'il aime tant ! Mais je ne peux pas le blâmer, si je l'avais écouté, je n'en serais peut-être pas là aujourd'hui.

— Mais… il n'est peut-être pas encore trop tard… me lance Adam sur un petit ton chantant.

— Ah bon ? Et comment voudrais-tu que je rattrape le coup ? De toute façon, elle a dû passer à autre chose depuis le temps, ce serait une punition méritée pour avoir été aussi nul avec elle.

— Ça, c'est clair ! Mais tu as de la chance, je ne crois pas qu'elle soit passée à autre chose en amour. Pour être franc, j'en suis même sûr.

Comment Adam est-il au courant de la vie d'Eva ? Il ne la traque quand même pas comme le FBI ! Il serait capable d'avoir mis des mouchards chez elle !

— Comment es-tu au courant de ça? lui dis-je interloqué.

— Eh bien, figure-toi que je suis resté en contact avec Vincent, son ami gay.

— Ah oui ? Je ne savais pas que les avances qu'il t'avait faites en cours de pâtisserie avaient porté leurs fruits !

Adam commence à s'empourprer et me répond du tac au tac.

— Mais non, pas du tout ! Je n'ai porté les fruits de personne, moi !

— Allez, avoue que vous vous êtes revus en douce !

— Mais arrête avec tes insinuations débiles !

L'agacement de mon frère me fait tout à coup éclater de rire. J'adore le provoquer sur ce genre de sujet. Et voir sa tête changer de couleur en moins de deux secondes avec ses joues rondes, c'est franchement hilarant ! Cela dit, j'aimerais bien savoir pourquoi il est toujours en relation avec Vincent.

— Promis, j'arrête. Mais comment se fait-il que vous preniez des nouvelles l'un de l'autre ?

— En fait, c'est moi qui l'ai contacté pour prendre des nouvelles d'Eva, quelques semaines après votre dispute. Je te voyais malheureux et je me doutais que c'était pareil pour elle. J'en ai eu la confirmation par Vincent. Je lui ai dit de ne pas parler à Eva de mon coup de fil et que j'espérais que les choses allaient s'arranger entre vous. Et puis on a sympathisé tous les deux, on a discuté sur Internet et on s'est effectivement revus, entre copains je précise, pour boire un verre dans un bar une fois ou deux.

— Tu ne m'en as jamais parlé !

— Non, je ne préférais pas. Et puis d'abord, tu ne me dis pas tout non plus, toi !

— Est-ce qu'il t'a donné des nouvelles d'Eva depuis ?

— Oui, tu vas être content, elle a démissionné et elle est partie faire une école de pâtisserie dans le Massif central.

— C'est génial ! Elle a pris la bonne décision. J'avais tellement peur qu'elle renonce. Mais je croyais qu'elle voulait passer son CAP en candidat libre ? Elle l'aurait eu haut la main, j'en suis sûr.

— Apparemment, Eva n'avait pas assez confiance

en elle. Elle est partie en formation intensive pour se préparer à l'examen, mais dans une école très réputée où elle ressortira avec un niveau beaucoup plus élevé qu'un CAP classique.

— Je pense que c'est tout ce dont elle avait besoin pour prendre de l'assurance.

— Ça, je n'en sais rien. Quand j'ai vu Vincent début octobre, elle venait de partir. Je n'ai pas de nouvelles depuis.

— Mais alors, tu ne sais pas si elle a rencontré quelqu'un depuis qu'elle est partie là-bas ?

— Non, mais elle a dit à Vincent qu'elle mettait sa vie amoureuse entre parenthèses le temps de sa formation, et le temps de t'oublier. Cela m'étonnerait que sa situation ait changé en si peu de temps mais on ne sait jamais, c'est vrai.

C'est vrai, mais il n'est peut-être pas trop tard. Adam vient subitement de me redonner une once d'espoir avec Eva. Si je fais ce qu'il faut rapidement, peut-être arriverai-je à recoller les morceaux ?

— Je vais aller la voir. Je vais aller à cette école, je vois très bien de laquelle il s'agit de toute façon. Et je leur demanderai l'adresse d'Eva.

— Pas la peine de te déplacer à l'école.

Adam se précipite dans son bureau et revient avec un bout de papier déchiré d'un calepin à spirales.

— Tiens, la voilà, son adresse. Je l'avais demandée à Vincent, juste au cas où.

— J'étais loin de me douter que tu étais si prévoyant avec moi ! Je me demande lequel de nous deux est le grand frère parfois…

— Je te connais par cœur et je me suis dit que tu te déciderais probablement un jour. Et même si ton cerveau a réagi à la vitesse d'un mollusque, apparemment, je n'avais pas tort !

— Tu m'as rendu un grand service, frérot ! Je partirai demain matin. Je ne sais pas du tout comment va réagir Eva mais on verra bien, je n'ai plus rien à perdre, étant donné la situation actuelle et je le regretterai si je ne tente rien.

— Ça, c'est sûr ! J'espère que tout ira comme tu veux, je vais croiser les doigts pour toi. Et surtout, fais-moi plaisir, mets-y les formes si tu veux la récupérer.

— Tu me prends pour qui ?

— Pour quelqu'un d'insociable, ce que tu es !

— Merci de me rappeler mes défauts, mais ce n'est pas le moment. Et ne t'inquiète pas, je sais être un parfait gentleman quand il faut.

— Content de te l'entendre dire ! Bon, ce n'est pas tout ça, mais tous ces événements me donnent faim, tu restes avec nous pour dîner ?

Oh, oh, je vais me sentir obligé de dire oui sans avoir un seul indice sur le repas en question.

— Euh… oui, bien sûr, vous mangez quoi ?

— Quand tu es arrivé, j'allais préparer un chili, mais Julia ne va pas tarder à descendre et rien n'est prêt. Je crois qu'on va commander des pizzas.

Ouf ! Je suis sauvé ! Décidément, cette journée ne m'a réservé que de bonnes surprises, j'espère qu'il en sera de même demain…

Chapitre 15

Dimanche 9 novembre 2014 – Eva

Installée dans mon canapé avec un plaid par-dessus mes épaules depuis une bonne heure, je me rends compte que je ne suis pas grand-chose de cette adaptation sans saveur du roman *PS : I Love You* qui passe à la télévision ce soir, plus captivée par la pluie torrentielle qui tombe dehors et le bilan de mon arrivée ici.

Déjà plus d'un mois que je suis partie de Paris, et j'ai l'impression de revivre. Et pourtant, on ne peut pas dire que cela m'enchantait d'aller faire ma formation à Perpète-les-Andouillettes ! J'en ai passé des heures sur Internet pendant mon préavis à Cosméo, à chercher l'école qui me correspondait le mieux. J'avais beau essayer d'en chercher une autre pour m'éviter d'atterrir ici, c'était toujours cette formation qui me semblait la meilleure, tant au niveau pédagogique qu'au niveau relationnel.

Je me suis donc décidée à venir dans cette école à la réputation internationale, où les plus grands pâtissiers de France viennent donner des cours aux débutants. Lorsque j'ai définitivement quitté Cosméo après trois mois de préavis difficiles, à supporter les mauvais coups de Marie-Sylvie, j'ai utilisé toute mon énergie sur le mois de septembre à chercher un appartement près de l'école et préparer mon départ.

Et quand j'ai déposé mes valises dans le studio meublé où je me trouve actuellement, j'ai pleuré toutes les larmes de mon corps en me demandant comment j'allais faire pour vivre huit mois ici, au milieu de… comment dire… rien !

Maintenant, je me dis que j'ai été bien bête de réagir de la sorte. Car cela fait un mois que je ne cesse de m'émerveiller de cette région, de la nature environnante et des gens qui habitent ici. Mon appartement est situé à presque cinq kilomètres de l'école, dans un petit hameau en altitude où doivent vivre une vingtaine de personnes au maximum. Bien sûr, si je compte les vaches, nous sommes incontestablement beaucoup plus nombreux.

Mais la vue exceptionnelle que j'ai depuis mes fenêtres sur les monts du Massif central réussit à faire oublier tous les soucis que l'on peut avoir. Et les habitants sont si souriants et aimables, prêts à vous tendre la main au moindre problème. On se croirait vraiment sur une autre planète ! Je ne m'attendais pas du tout à cela et j'en suis plus qu'agréablement surprise.

Ma seule crainte est la neige qui peut arriver d'ici quelques semaines et pour laquelle je ne suis pas du tout équipée sur ma voiture. Cela dit, j'adore tellement les paysages de sapins enneigés que si je ne peux pas me rendre à l'école, je trouverai bien de quoi m'occuper avec mon appareil photo.

Quant à la formation, j'avais une grosse appréhension en la commençant, un nouvel environnement social étant toujours une source d'angoisse pour moi. Mais celle-ci s'est vite dissipée car je me suis retrouvée dans mon élément, à faire ce que j'ai toujours voulu faire de ma vie. Bien sûr, ce n'est pas évident de se lever à quatre heures du matin pour aller en cours, surtout quand on a un organisme de marmotte comme moi. Il y a des cours théoriques sur l'hygiène qui ne m'intéressent pas, mais dans l'ensemble, les cours sont un réel bonheur. Je ne regrette absolument pas mon choix. Je suis maintenant certaine que je ne referai jamais des statistiques et que je suis ici au point de départ de ma véritable carrière professionnelle. Je sais que tout ce que j'ai appris jusqu'ici pendant mes études et mon travail me servira pour ma création d'entreprise, que ce soit au niveau du marketing ou encore des études. Mais l'essentiel à apprendre pour moi est ici, dans les laboratoires de pâtisserie.

Nous sommes en petits groupes pour les cours pratiques, ce qui permet à chacun de progresser très rapidement. Je n'ai que des professeurs très doués, certains ayant même gagné des concours très prisés, qui savent nous guider tout en nous laissant une marge de création importante. Je m'entends bien avec l'ensemble du corps enseignant de l'école, et plus particulièrement avec mon professeur référent, qui sait rendre chacun de nos cours pratiques ludique et drôle, grâce à son humour et ses pitreries qui le caractérisent dans la vie.

Non, décidément, je suis heureuse ici. Enfin presque. Si Elliott était là, tout serait parfait. J'ai beau essayer de l'oublier, rien n'y fait. Et puis passer huit heures par jour dans un laboratoire quasi-identique au sien ne m'aide pas à passer à autre chose. J'ai même parfois l'impression certains matins qu'il va franchir le seuil du laboratoire avec sa toque sur la tête pour nous donner lui-même le cours de la journée. Mais non, il doit être tranquillement à Paris avec de nouveaux élèves, et ne doit même plus se souvenir de la petite « pimbêche » de la librairie.

C'est certain, il m'a oubliée depuis bien longtemps. Alors pourquoi je n'arrive pas à faire pareil ?

Il y a deux jours, je me suis même disputée avec Vincent à propos d'Elliott. Depuis que je suis arrivée ici, il m'appelle une fois par semaine pour prendre de mes nouvelles. Il faut dire qu'on a eu un peu du mal à se faire à l'idée que nous n'allions plus être voisins pendant huit mois. Et quand j'ai décroché le téléphone vendredi soir, j'étais vraiment contente d'entendre sa voix.

— Salut, ma chérie, comment vas-tu ? Tu sais que tu me manques affreusement dans cet immeuble ?

— Oui, tu me manques aussi. Je n'ai plus personne chez qui aller prendre ma tisane le soir.

— Et regarder des séries débiles à la télé. Heureusement que Raphaël est là, sinon je n'aurais plus qu'à me pendre ! Enfin, à part ça, ça se passe toujours aussi bien à Trifouillis-les-Oies ?

— Super-bien, je m'éclate en cours, c'est génial !

— Tant mieux, je suis content pour toi, ma poulette. Et tu ne t'ennuies pas trop le reste du temps dans ton trou perdu ?

— Non, ça va, j'apprends mes cours et puis je visite. C'est magnifique ici, tu sais.

— Ah bon ?

— Oui, enfin, c'est sûr que pour monsieur le

citadin, ce n'est pas ce qu'il y a de mieux, les premiers magasins de vêtements sont à une heure et demie de chez moi !

— Saperlipopette ! Une heure et demie ? Et tu arrives à tenir ?

— Oui, ne t'en fais pas pour moi. Quand on aime la nature, il y a de quoi faire, je te promets ! Il y a plein de sentiers de randonnée qui traversent les forêts de sapins, des fermes à visiter, et aussi des villages touristiques à voir.

— Il y a des touristes dans le Massif central ? Ce sont des gens qui se sont trompés à la réservation, non ?

— Ce que tu peux avoir l'esprit étriqué parfois ! Il n'y a pas que Paris et la Côte d'Azur en France !

— Oui, c'est vrai, ne t'énerve pas, je critique sans connaître. Il y a peut-être des coins pas mal près de chez toi. De toute façon, je verrai bien quand je viendrai te voir.

— J'ai hâte de te montrer mon école !

— Au fait, en parlant d'école, je ne t'ai pas demandé si tes « camarades de classe », même si c'est bizarre d'employer cette expression à notre âge, étaient sympathiques ?

— Très. Je suis la seule fille de mon groupe et ce n'est pas plus mal. Au moins, il n'y a pas de crêpage de chignon.

— Dis plutôt que tu aimes te retrouver au milieu de tous ces mâles ! Il n'y a pas de honte, tu sais. À ta place, moi, je peux te dire que je serais dans tous mes états.

— Tu oublies déjà Raphaël ?

— Non, bien sûr que non, mais j'ai toujours des yeux !

— De toute façon, il n'y en a aucun qui m'intéresse. Tu sais bien ce que je t'ai dit en partant. Ma vie professionnelle avant tout, le reste, je verrai plus tard.

— Plus tard, plus tard, mais quand plus tard ?

— Je ne sais pas, quand j'aurai oublié Elliott pour commencer.

— Nom d'un chien, Eva ! Cela fait cinq mois qu'il ne t'a pas donné signe de vie, quand vas-tu laisser tomber cette histoire ?

Voilà, nous étions tranquillement en train de discuter et Vincent s'est senti obligé de hausser le ton en reparlant de ce sujet sensible. Cela m'a fortement agacée car à l'écouter, oublier Elliott semblait être aussi enfantin pour lui que de faire cuire des pâtes.

— Si tu crois que c'est facile, donne-moi la recette, parce que moi, je ne l'ai pas !

— Mais ce n'est pas possible de réagir comme ça ! Il faut que tu ailles de l'avant, Eva. Je ne sais pas moi, va boire un verre avec les gars de ta classe, enfin si tant est qu'il y ait un bar à moins d'une heure de chez toi !

— Je n'en ai aucune envie. C'est trop compliqué à accepter pour toi que je mette ma vie amoureuse de côté ? Dis-le-moi tout de suite, parce que dans ce cas, ça ne sert plus à rien que tu m'appelles. C'est déjà assez dur pour moi de ne pas réussir à oublier Elliott.

Vincent a dû sentir qu'on risquait vraiment de se fâcher car il a tout de suite changé de ton.

— Non, non, excuse-moi, ma chérie, je me suis emporté. C'est plus à Elliott que j'en veux dans cette histoire, de ne pas s'être manifesté depuis tout ce temps. Et ça me fait de la peine que tu sois malheureuse.

— Je ne suis pas si malheureuse ici, j'essaie d'oublier en me concentrant sur d'autres belles choses de la vie.

— Je sais bien, mais je m'inquiète pour toi, c'est tout.

— Ne t'en fais pas, chaque chose en son temps, comme dirait ma grand-mère. Et pour l'instant, je me focalise sur la pâtisserie. On peut changer de sujet, maintenant ?

— OK, de toute façon, il faut que je te parle de l'éducation de notre chiot, ça ne va pas du tout.

Raphaël est beaucoup trop laxiste et ça m'horripile. J'ai besoin de tes conseils.

Au moment où je me remémore cette histoire de chiot, dont Vincent a finalement bien voulu consentir à l'achat, il y a quelques mois, en contrepartie d'une éducation sans faille, j'aperçois les phares d'une voiture qui monte vers le hameau, bravant la pluie diluvienne qui s'abat sur la région depuis trois jours. Et le moins que l'on puisse dire, c'est que le conducteur a l'air pressé. Intriguée par la présence de cette voiture, je l'observe depuis ma fenêtre, me demandant qui peut bien monter jusqu'ici à une heure si tardive sur cette petite route sinueuse.

Le conducteur finit par ralentir et semble chercher à se garer sur l'herbe détrempée et boueuse servant de parking au hameau, située à une cinquantaine de mètres de mon appartement. Je distingue à peine la forme de la voiture à travers ces trombes d'eau et cette nuit d'encre, mais je vois que la personne au volant essaie tant bien que mal de garer sa voiture dans la pente, à côté de la mienne. Mais tout à coup, elle dérape sur le côté droit et vient doucement percuter l'arrière gauche de ma voiture. Le conducteur essaie d'accélérer pour relancer la sienne qui manque complètement d'adhérence sur toute cette boue mais elle ne semble pas décidée à l'écouter et dérape un peu plus en rayant tout le côté gauche de la mienne.

Non mais oh ! Ça suffit ! Ma voiture n'est pas un punching-ball ! Quel est encore cet énergumène qui ne sait même pas garer une voiture ? Quand on ne sait pas conduire, on reste chez soi !

Je saute du canapé avec mon pyjama *Looney Tunes*, enfile mes bottes en caoutchouc noires à petites fleurs roses, et me rue dehors avec mon parapluie. Alors que je cours sous la pluie battante, je crois apercevoir quelqu'un sortir de l'automobile. À première vue, on dirait un homme, ça ne m'étonne pas. Je ralentis le pas et commence alors à crier pour que celui-ci m'entende malgré le bruit assourdissant de la pluie.

— Non, mais dites donc, vous ! Je ne vous gêne pas trop là, à défoncer ma voiture comme un gros pachyderme ?

— Ah, il y a du progrès. La dernière fois, j'avais eu droit au « sale macaque putride ». Je monte en gamme !

Ai-je bien entendu ce que je viens d'entendre ? Je relève la tête hors du parapluie, et m'arrête net à cinq mètres de la voiture.

— Elliott ?

— Eh oui… c'est moi. Je suis vraiment désolé, me

répond-il gêné en regardant les dégâts engendrés sur mon véhicule.

L'état de colère dans lequel j'étais, il y a à peine trente secondes, se dissipe subitement, laissant place à un gros point d'interrogation.

— Mais qu'est-ce que tu fais là, à cette heure-ci ?

— Il fallait que je te parle.

— Et ça ne pouvait pas attendre demain matin ?

— Non, ça ne pouvait pas attendre. Je ne pensais pas arriver si tard, mais avec ce déluge…

— Bienvenue dans le Massif central !

— Merci, je ressemble déjà à *Patrick*, le copain de *Bob l'Éponge*, sous toute cette flotte !

C'est vrai qu'il n'est pas sorti de la voiture depuis deux minutes que le profil de l'étoile de mer dégoulinante commence à pointer le bout de son nez, surtout avec le polo rose qu'il porte sur le dos ! Je l'attrape par le bras et l'entraîne chez moi en courant. Une fois à l'intérieur, je lui propose le seul sweat-shirt XL que j'aie et qui me sert habituellement de pyjama, et l'envoie dans la salle de bains se sécher un peu avant qu'il n'attrape froid. J'en profite alors pour remettre deux bûches dans la cheminée avant que le feu ne s'éteigne.

Et puis je ne bouge plus. Je n'ai même pas la présence d'esprit d'enlever ces bottes ridicules. Je reste debout en plein milieu de cette pièce qui me sert aussi bien de cuisine, de chambre et de séjour. Je ne sais pas pourquoi je reste plantée là mais je n'arrive plus à remuer un seul membre, comme si je venais d'être changée en statue de sel. Je n'ai aucune idée de ce qui va se passer dans les dix prochaines minutes et suis partagée entre l'excitation, la colère et la peur. Dix milliards de questions fusent dans mon esprit. Pourquoi Elliott est-il venu ? S'est-il enfin décidé à laisser le passé au passé ? Si c'est le cas, pourquoi m'avoir fait attendre aussi longtemps et m'avoir rendue si malheureuse ? Si ça se trouve, il est là pour tout autre chose ? Une raison professionnelle ? Peut-être veut-il simplement me faire des excuses pour ce qui s'est passé et puis repartir ? Avec les hommes, il faut parfois s'attendre à tout…

Elliott sort enfin de la salle de bains et s'approche de moi, qui n'ai toujours pas bougé d'un iota, debout devant la cheminée. Il me sourit et semble aussi gêné que moi de la situation.

— Merci pour le sweat. Je suis désolé de débarquer à cette heure, mais je ne voulais plus attendre… Je te dois des excuses, Eva. Je me suis comporté comme le dernier des imbéciles avec toi.

Non, ne me dites pas qu'il n'est venu que pour ça ! J'essaie de garder mon calme et de ne pas pleurer mais je sens que la situation n'est pas du tout partie pour être celle que j'espérais.

— Je n'irais pas jusque-là. Tu étais dans une période difficile, moi non plus je n'ai pas été très tendre avec toi ce jour-là. Mais si tu es juste venu pour me faire des excuses, j'aurais préféré que tu m'appelles, ça aurait été plus facile pour moi, tu sais. Ça fait cinq mois que je souffre de ton absence et que j'essaie de t'oublier et te voir aujourd'hui…

Elliott m'attrape les mains et ne me laisse pas finir ma phrase.

— Non, tu n'as pas compris, Eva. Je suis venu pour m'excuser de ne pas avoir su te dire plus tôt que je t'aime. Je n'ai pensé qu'à toi tout ce temps, à n'en plus dormir, mais je m'interdisais d'être à nouveau amoureux. Et grâce à ton amie voyante, j'ai enfin tourné la page de ce passé douloureux. Maintenant, je ne veux plus perdre de temps, je veux juste être heureux, et je veux l'être avec toi.

Je sens alors mon cœur se charger d'une émotion que je n'ai jamais ressentie auparavant et n'arrive plus à contenir mes larmes, des larmes de joie que je n'ai pas honte de montrer, cette fois-ci.

— Tu sais, si quelqu'un m'avait prédit en sortant de la librairie ce jour-là, que j'allais tomber amoureuse de toi, je crois que je l'aurais étranglé ! Je ne m'attendais pas à ce que notre rencontre change ma vie à ce point.

Le baiser que nous échangeons alors n'a plus du tout la même saveur que la première fois. Il n'y a plus de peur, plus d'ombre prête à ressurgir du passé, juste de l'amour. Finalement, Monica avait raison. Dans la boîte de chocolats, on tombe parfois sur le meilleur praliné du monde.

Remerciements

Tout d'abord un grand merci aux Éditions Nouveaux Auteurs, aux Éditions Prisma, au président du jury du prix Femme Actuelle Gilles Legardinier ainsi qu'aux lecteurs du comité de lecture, qui m'ont permis de voir ce livre publié aujourd'hui et de réaliser un rêve.

Merci également à tous les lecteurs et amis qui ont lu la première version du roman, et ont pris le temps de donner leur avis ou de me contacter pour échanger sur cette histoire.

Merci à ma grand-mère, qui vient malheureusement de nous quitter et dont je me suis très largement inspirée pour le personnage d'Henriette…

Merci à mes parents, qui m'ont soutenue dans tous mes projets professionnels, aussi différents et déstabilisants soient-ils, et en particulier dans celui-ci.

Et enfin, un grand merci à toi, Sébastien, qui a toujours été là pour me soutenir et me supporter dans ce projet qui me tenait tellement à cœur.

Marylin Masson

Marylin Masson, habite en Haute-Savoie. Statisticienne de formation, elle s'est reconvertie dans un domaine qui la passionne, la pâtisserie… tout en se rapprochant de la montagne, une autre de ses passions..

COUP DE CŒUR
DE GILLES LEGARDINIER

Président du Grand Prix
***Femme Actuelle* 2019**

« Ce thriller réussit l'alliance parfaite du suspense et de l'émotion sur un sujet original. Ne passez pas à côté ! » Gilles Legardinier

À nous l'éternité

Jean-Luc Malbrunot

Une leçon de vie et d'amour. Un livre magnifique !

Thomas est condamné par la maladie. Alors qu'il veut renouer les liens avec son ex femme Mathilde et leurs enfants, celle-ci est victime d'un accident de la route et tombe dans le coma. Afin que l'espoir ne s'effrite pas, Thomas va se livrer à une véritable course contre la mort qui va l'emmener aux frontières de ses croyances et de la réalité. Une merveilleuse histoire d'amour. Une leçon de vie.

Jean-Luc Malbrunot médecin généraliste, habite dans le Pas-de-Calais. Ses passions, en dehors de la médecine, s'articulent autour de la littérature, du sport et des voyages.

Grand Prix *Femme Actuelle* 2018

PRIX DU ROMAN
FEEL GOOD

« Un véritable trésor ! » *Femme Actuelle*

Le temps de faire sécher un cœur

Émilie Riger

Une magnifique histoire d'amour fraternel pleine de poésie et de silences.

Suite à un accident de moto, Raphaël devient aveugle. Son frère Samuel se démène pour l'aider à se relever et lui redonner l'envie de vivre. L'amour d'un frère suffit-il à réparer l'inconcevable ? Quand le doute s'installe, chaque personne rencontrée est mise à contribution pour faire un pas de plus vers la lumière et chaque pas accompli peut révéler de nouveaux espoirs. Et vous, sauriez-vous retrouver votre chemin dans le noir ?

Émilie Riger habite dans le Loiret. Polyvalente, elle est à la fois diététicienne, naturopathe, historienne de l'art et écrivaine.

Couverture :

© Cute little things / shutterstock

Illustrations : Designed by Freepik

Ligne graphique : Séverine Morizet

Studio Fabrication : Flora Bellanger

Composition : IGS-CP à L'Isle-d'Espagnac (16)

Impression :

CPI

BRODARD & TAUPIN

pour le compte des Éditions

NOUVEAUX AUTEURS

Dépôt légal : juin 2019 – N° d'impression : 3031792

Cet ouvrage a été imprimé en France sur un papier composé de fibres naturelles, recyclables, et fabriqué à partir de bois provenant de forêts plantées et cultivées pour la fabrication de pâte à papier.